光文社文庫

文庫書下ろし／長編時代小説

九《く》字《じ》兼《かね》定《さだ》

御刀番 左 京之介(七)

藤井邦夫

KOBUNSHA

光 文 社

この作品は光文社文庫のために書下ろされました。

『九字兼定《くじかねさだ》　御刀番《おかたなばん》　左　京之介（七）』目次

第一章　九字兼定…………5
第二章　尼御前忍び…………82
第三章　影の大御所…………160
第四章　将軍呪詛《じゅそ》…………239

第一章　九字兼定《くじかねさだ》

一

護摩木《ごまぎ》は燃え上がり、蒼白《あおじろ》い炎を切れ切れに飛ばしていた。

「臨兵闘者皆陣烈在前《りんぴょうとうしゃかいじんれつざいぜん》……」

若い尼御前《あまごぜん》は、火の燃え上がる護摩壇に刀を供えて九字を切っていた。

蒼白い炎を浴びている刀は、刃長二尺三寸強、鎬造《しのぎづくり》、庵棟《いおりむね》、先反《さきぞ》りは七分。

鍛《きた》えは板目《いため》、刃文は湾《のた》れた互《ぐ》の目《め》、帽子《ぼうし》は湾れごころに先掃《さきはき》かけ。

茎《なかご》は殆《ほとん》ど生《う》ぶ、先切り、鑢目《やすりめ》は筋違《すじかい》、棟《むね》寄りに『和泉守藤原兼定《いずみのかみふじわらかねさだ》』の長銘が彫られ、裏には『臨兵闘者皆陣烈在前』の九字が刻まれていた。

若い尼御前は護摩の炎に照らされ、九字の呪文を唱えて空《くう》を切っていた。

〝九字〟とは、『臨兵闘者皆陣烈在前』の九つの文字からなる呪文で密教や修験道《しゅげんどう》に取り入れられた一切の禍《わざわい》を除く護身呪だ。

〝九字を切る〟とは、呪文を唱えながら空中に指先で縦四本、横五本を描く事を称した。

若い尼御前は、護摩壇に九字兼定を祀《まつ》って一心不乱に呪文を唱え、九字を切っていた。

暗い祈禱所には護摩の炎が激しく燃え、若い尼御前の呪文が不気味に響き渡っていた。


夜は闇の奥深くに沈んでいた。

本堂から続く廊下は、奥にある祈禱所に続いていた。

祈禱所は、闇と虫の音に覆われていた。

闇が揺れ、虫の音が不意に消えた。

四人の塗笠に軽衫袴《かるさんばかま》の武士が、揺れた闇から現われた。

塗笠の武士たちは祈禱所に忍び寄り、回廊や階《きざはし》に音もなくあがった。そして、刀を抜き払って祈禱所の扉に迫った。

祈禱所は無人なのか、物音は何もしなかった。

塗笠の武士の一人が、祈禱所の扉を慎重に開けた。

閃光が袈裟《けさ》に走った。

扉を開けた塗笠の武士は、顔面を袈裟懸けに斬られて仰向けに倒れた。

残る塗笠の武士たちは怯《ひる》んだ。

若い尼御前が、祈禱所の闇から九字兼定を提《さ》げて現われた。

九字兼定の鋒《きっさき》から血が滴り落ちた。

「九字兼定を渡せ……」

塗笠の武士は、緊張に声を震わせた。

「臨兵闘……」

若い尼御前は、九字の呪文を唱え始めた。

塗笠の武士たちは、微《かす》かに狼狽《うろた》えた。

「者皆陣……」

刹那《せつな》、若い尼御前は九字兼定を閃かせた。
塗笠の武士の一人が、額を真っ向から斬り下げられて叩き付けられた。
残る塗笠の武士は二人……。
若い尼御前は、二人の塗笠の武士に迫った。
二人の塗笠の武士は、若い尼御前に猛然と斬り付けた。
「烈在前……」
若い尼御前の九字の呪文が響いた。
九字兼定は瞬《また》いた。
二人の塗笠の武士は、首の血脈を刎《は》ね斬られて血を振り撒《ま》いて崩れた。
夜の闇は鎮まり、虫の音がゆっくりと湧き上がった。
若い尼御前は笑った。
血に濡れた九字兼定に虚《うつ》ろな眼を向け、身体を小刻みに揺らして甲高い声で笑った。
汐崎《しおざき》藩江戸上屋敷の御《お》刀蔵《かたなぐら》は、収蔵されている刀剣の霊気に満ちていた。

納戸方御刀番頭《なんどかたおかたなばんがしら》の左京之介《ひだりきょうのすけ》は、手入れを終えた刀を御刀蔵の棚に戻して見廻した。

名刀、銘刀、無銘刀……。

御刀蔵には、刀、小太刀、脇差、短刀、槍などが静かな時を過ごしている。

刀は、己の身を護ると共に他人を斬る。

殺され、傷付けられ、斬られた者の怨念と哀しみが籠もっている。

京之介は、刀に籠められた怨念と哀しみを供養するかのように手入れをした。

「左さま……」

配下の佐川真一郎《さがわしんいちろう》が、隣の用部屋から京之介に声を掛けた。

京之介は、御刀蔵から用部屋に出た。

「どうした……」

「只今、刀剣商真命堂道悦《しんめいどうどうえつ》どのの使いの者が書状を持参致しました」

真一郎は、京之介に一通の書状を差し出した。

「真命堂の道悦どの……」

京之介は、書状を受け取って封を切った。

刀剣商『真命堂』は京橋《きようばし》の北、具足町《ぐそくちよう》にあり、主の道悦は卓越した目利《めき》きで京之介とは昵懇《じつこん》の間柄だった。

急ぎお逢いしたい……。

道悦の書状には、そう書かれていた。

京之介は、何故に急ぎ逢いたいのかを書いていない処《ところ》に焦臭《きな》さを覚えた。

何かが起きた……。

京之介の勘は囁《ささや》き、緊張感を湧き上がらせた。


愛宕下《あたごした》大名小路に人通りは少なかった。

京之介は、小者《こもの》の佐助《さすけ》に見送られて駿河《するが》国汐崎藩江戸上屋敷を出た。そして、外濠《そとぼり》の幸橋《さいわいばし》御門前を抜け、汐留《しおどめ》川に架かっている土橋《どばし》を渡って京橋に向かった。

汐崎藩は、少年藩主の堀田家憲《ほつたいえのり》を中心に江戸家老梶原頼母《かじわらたのも》、御側用人《おそばようにん》の兵藤内蔵助《ひようどうくらのすけ》、江戸留守居《るすい》役の片倉伊織《かたくらいおり》などが懸命に藩政を営み、一時の混乱から漸《ようや》く落ち着きを取り戻し始めていた。

家憲の腹違いの兄祥慶《しょうけい》は、堀田家菩提寺《ぼだいじ》である麻布真徳山《あざぶしんとくざん》『天慶寺《てんけいじ》』の座主《ざす》となり、父親宗憲《むねのり》たち祖先の霊を弔っていた。

汐崎藩の平穏は長く続くのか、束の間のものなのか……。

京之介は、長く続くことを願いながら京橋を渡った。


刀剣商『真命堂』は、日本橋《にほんばし》の通りから具足町に入った処にあった。

京之介は、刀剣商『真命堂』を訪れた。

刀剣商『真命堂』道悦は、訪れた京之介を奥座敷に招いた。

「お忙しいところ、早速お越し頂きまして忝《かたじけの》うございます」

道悦は詫びた。

「いや。して、急ぎの用とは……」

京之介は、出された茶を飲んだ。

「それなのですが、左さま。神尾兵部《かみおひょうぶ》さまが昨夜遅く、水戸《みと》の国許に戻られました」

神尾兵部は、水戸藩御刀番であり、京之介とは昵懇《じっこん》の間柄だった。

「神尾どのが水戸に……」

水戸藩士の神尾兵部が、国許の水戸に帰るのに不思議はない。それなのに道悦が敢えて急ぎの用だと、京之介に報せて来たのには理由があるのだ。

その理由とは何か……。

京之介は、道悦の言葉を待った。

「はい。左さま、この刀をご覧下さい」

道悦は、一振りの白鞘《しらさや》の刀を差し出した。

神尾兵部が、水戸の国許に帰った事と拘《かか》わりがある……。

京之介は読んだ。

「拝見致す……」

京之介は、白鞘の刀を受け取り、刃を上に向けて静かに抜いた。

刀身は鈍色《にびいろ》に輝いた。

刃長は二尺三寸強、鎬造、庵棟、先反りは七分。鍛えは板目、刃文は湾れた互の目……。

京之介は刀を読み、『御腰物元帳《おこしものもとちょう》』や『享保名物帳《きょうほうめいぶつちょう》』に書き記されている刀に該当するものを思い浮かべた。

「如何《いかが》ですかな……」

「美濃《みの》は関《せき》の兼定《かねさだ》、和泉守藤原兼定の鍛えたものですか……」

関の兼定は、美濃は関《せき》の孫六《まごろく》の流れを汲《く》む刀工である。

「流石《さすが》は左さま……」

道悦は微笑んだ。

京之介は、目釘《めくぎ》を抜いて茎を検《あらた》めた。

茎には『和泉守藤原兼定』の銘が彫られていた。

京之介は、茎を裏に返した。

茎の裏には、『臨兵闘者皆陣烈在前』の九字が刻まれていた。

「九字兼定……」

京之介は、初めて見る九字兼定の刀身を見直した。

鈍色の輝きに深みはない……。

京之介は、不意にそう感じた。

「道悦どの、もしや、この九字兼定……」

京之介は眉をひそめた。

「お気付きの通りにございます。その九字兼定、手前が昵懇にしている刀工に打たせた写《うつ》しにございます」

道悦は微笑み、京之介に披露した九字兼定は写し、贋物《にせもの》だと告げた。

「見事な写しですな」

京之介は苦笑した。

「左さま。本物の九字兼定は水戸藩が持っており、国許の御刀蔵にあるとか……」

道悦は、京之介を見詰めた。

「ならば、国許の御刀蔵にある九字兼定に異変が起こり、神尾どのが昨夜遅く水戸に帰ったのですか……」

京之介は睨《にら》んだ。

「仰《おっしゃ》る通りにございます」

道悦は頷《うなず》いた。

「やはり……」

「何者かが九字兼定を奪い盗ろうと、襲ったそうにございます」

「それで盗まれ、神尾どのが取り返しに水戸に急いだ訳ですか……」

京之介は推し測った。

「いえ。九字兼定を奪い盗ろうとした者共《ものども》は悉《ことごと》く討ち取られたのですが……」

道悦は告げた。

「ならば……」

京之介は戸惑った。

「九字兼定、消え失せたそうにございます」

道悦は眉をひそめた。

「消えた」

京之介は驚いた。

「はい。御刀蔵からいつの間にか……」

「奪われたのではないのですね」

「はい。それで神尾兵部さま、昨夜遅く、水戸の国許に出立《しゅったつ》されたのです」

「左様《さよう》でしたか……」

水戸藩御刀番の神尾兵部は、国許の御刀蔵に所蔵していた九字兼定が消えたので、急ぎ水戸に帰ったのだ。

「はい」

「それに致しても、九字兼定、何者の仕業《しわざ》なのか……」

「それなのですが、左さま。今朝方、知り合いの同業者から今宵、目利きの集まりがあり、九字兼定も持ち込まれるとの報せがございましてね」

道悦は、思いも寄らぬ事を告げた。

「何ですと……」

京之介は、厳しさを過《よ》ぎらせた。

「それで、左さまに急ぎお出でいただいたのは、宜《よろ》しければ今宵、目利きの集まりにご一緒して頂けませぬかと……」

道悦は、京之介の出方を窺《うかが》った。

刀剣商の目利きの集いに、九字兼定が持ち込まれる。

それは、水戸藩御刀蔵から消えた九字兼定なのか……。

本物なのか贋物なのか……。

神尾の為にも見定めなければならない……。

京之介は決めた。

「心得た。お供《とも》致そう」

京之介は、道悦と一緒に目利きの集まりに行く事にした。


不忍池《しのばずのいけ》に鯉《こい》が跳ね、水面に映えていた月影が揺れて砕けた。

料理屋『花柳《はなやなぎ》』は、不忍池の畔の雑木林の奥に小さな軒行燈《のきあんどん》を灯《とも》していた。

左京之介は、刀剣商『真命堂』道悦と共に料理屋『花柳』の奥座敷に通った。

奥座敷には幾つもの明かりが灯され、既に数人の刀剣商や目利きが集まっていた。

道悦は、集まっている人たちに目礼をして座敷の隅に座った。

京之介は、道悦の隣に座った。

若い女が、道悦と京之介に茶と目録を持って来た。

道悦と京之介は、茶を飲みながら目録に眼を通した。

目録には、武蔵物《むさしもの》、山城物《やましろ》、備前物《びぜん》、肥前物《ひぜん》など十振りほどの刀と脇差を造った刀工の名が書き記されていた。

「今夜、目利きされる刀と脇差ですか……」

京之介は、道悦に囁いた。

「はい……」

道悦は頷いた。

「美濃物はありませんね」

京之介は、九字兼定が美濃物であり、目録にないのを示した。

「秘かな目玉というところですか……」

道悦は苦笑した。

「お待たせ致しました……」

十徳《じっとく》姿の白髪小柄な老人が現われ、道悦たち集まっている者と対座した。

二人の総髪の武士が、白髪小柄な老人の背後を護るように座った。

剣術遣いの用心棒……。

京之介は睨んだ。

「今宵、取り仕切らせていただく、目利きの本阿弥光俊《ほんあみこうしゅん》にございます」

十徳姿の小柄な老人は、己の名を告げて白髪頭を深々と下げた。

「では早速……」

本阿弥光俊は、控えていた番頭を促した。
番頭は次の間に行き、白鞘の刀を持って来て光俊に渡した。
「先《ま》ずは武蔵国は長曾禰興里虎徹《ながそねおきさとこてつにゅうどう》入道の一振りにございます」
光俊は、刀の刃を上に向けて白鞘から抜き放った。
抜き身は光り輝いた。
集まった刀剣商や目利きは、小さな響《どよ》めきを洩《も》らした。
光俊は、長曾禰興里虎徹入道を端の刀剣商に渡した。
「刃長二尺四寸、鎬造、庵棟……」
番頭は、長曾禰興里虎徹入道の造りを説明し始めた。
刀剣商と目利きたちは、長曾禰興里虎徹入道を代わる代わる手に取って吟味した。
様々な銘刀の目利きが進んだ。
刀剣商と目利きたちは、奥座敷に静かな昂《たか》ぶりを漂わせた。
時が過ぎ、刀の目利きは進んだ。
奥座敷には、刀剣商や目利きの昂ぶりが満ち溢《あふ》れていた。
目録に書かれた刀剣の目利きは、最後の一振りも終わった。

奥座敷に満ちていた昂ぶりは、刀剣商や目利きの吐息と共に消え始めた。

「いよいよですね」

道悦は微笑んだ。

「ええ……」

京之介は、九字兼定の登場を待った。

「さて、本日、目録に書かれた物以外にもう一振り刀がございます」

光俊は微笑んだ。

奥座敷に響めきがあがり、刀剣商と目利きたちの緊張が再び湧いた。

番頭が、光俊に白鞘の刀を持って来た。

刀剣商と目利きたちは、私語を止めて息を詰めた。

京之介と道悦は、光俊の持つ白鞘の一刀を見守った。

光俊は、白鞘の刀を抜いた。

抜き身は、僅かな間を置いて淡い輝きを放った。

九字兼定……。

京之介の勘が囁いた。

「美濃は関の和泉守藤原兼定、九字兼定にございます」

光俊が告げた。

刀剣商と目利きたちは響《どよ》めいた。

光俊は、九字兼定を刀剣商や目利きに廻した。

番頭が、和泉守藤原兼定、九字兼定の造りを説明し始めた。

次の間で微かな殺気が湧き、鈍い物音がした。

人が斬られた……。

京之介の五感が囁いた。

二人の総髪の用心棒が、刀を手にして次の間を振り返った。

刹那《せつな》、襖を蹴倒して五人の塗笠に軽衫袴の武士が現われ、総髪の用心棒の一人を袈裟懸けに斬り下げた。

総髪の用心棒の一人が、血を飛ばして仰《の》け反《ぞ》り倒れた。

「お、おのれ……」

残る総髪の用心棒は怯《ひる》んだ。

塗笠の武士たちは、猛然と襲い掛かった。

刀剣商と目利きたちは悲鳴を上げ、激しく狼狽《うろた》えて逃げ廻った。

「左さま……」

道悦は眉をひそめた。

「道悦どの、九字兼定だ」

京之介は、九字兼定を手にしている目利きの傍に行こうとした。

塗笠の武士たちが、目利きを袈裟懸けに斬って九字兼定を奪った。

塗笠の武士たちの狙いは、九字兼定……。

京之介は気付いた。

塗笠の武士たちは、九字兼定を奪い盗って障子と雨戸を蹴破った。

暗い庭先が広がった。

五人の塗笠の武士たちは、行く手を邪魔する者たちを斬り払いながら庭に飛び降りた。

「左さま……」

道悦は、厳しさを滲《にじ》ませた。

「此処《ここ》を頼みます」

京之介は、血を流して倒れている総髪の用心棒、本阿弥光俊、手代たちを示して塗笠の武士たちを追った。

五人の塗笠の武士たちは、既に庭に廻されている板塀の木戸を出ていた。

京之介は、追って板塀の木戸を出た。


板塀の外には、暗い雑木林が広がっていた。

京之介は、雑木林の微かに揺れている闇に向かって走った。

微かに揺れている闇に人影が見えた。

京之介は追った。

刹那、殺気が襲い掛かった。

京之介は、咄嗟《とっさ》に霞《かすみ》左文字を抜き放った。

霞左文字は閃光となり、塗笠の武士が血を飛ばして倒れた。

新たな殺気が背後を襲った。

京之介は、振り向き態《ざま》に霞左文字を真っ向から斬り下げた。

額を断ち斬られた塗笠の武士が、血を霧のように噴き上げて倒れた。

二人を斃《たお》し、残るは三人……。
京之介は、九字兼定を奪った塗笠の武士たちを追った。

二

下谷《したや》広小路は闇に覆われていた。
京之介は、雑木林から下谷広小路に出て闇を窺い、塗笠の武士たちを捜した。
離れた闇に刃の閃きが走った。
斬り合い……。
京之介は地を蹴った。
刃の閃きが続き、血の臭いが漂った。
京之介は駆け寄った。
刹那、空を切る音が微かに鳴った。
京之介は、咄嗟に霞左文字を横薙《な》ぎに一閃《いっせん》した。
甲高《かんだか》い金属音が響き、棒手裏剣《ぼうしゅりけん》が叩き落とされた。

京之介は、棒手裏剣の次の飛来に備えて霞左文字を構え、闇を透《す》かし見た。

揺れる闇はない。

棒手裏剣は塗笠の武士たちの攻撃なのか……。

もしそうだとしたら、闘って血の臭いを漂わせたのは誰なのか……。

京之介は、闇の奥に二人の男が倒れているのに気付いた。

殺気はない……。

京之介は、闇の奥に倒れている二人の男に駆け寄った。

倒れていたのは、塗笠の武士たちだった。

京之介は、倒れている二人の塗笠の武士を検《あらた》めた。

二人の塗笠の武士は、喉元を深々と斬られて絶命していた。

棒手裏剣を遣う者の襲撃なのか……。

京之介は戸惑った。

塗笠の武士の残る一人は、九字兼定を持って逃げたのだ。そして、棒手裏剣を遣う襲撃者は追った。

何《いず》れにしろ、棒手裏剣を遣う者はかなりの手練《てだ》れだ。

京之介は読み、周囲の闇を見廻した。

周囲の闇に人の気配はなく、闘う殺気も窺えなかった。

逃げられた……。

京之介は追うのを諦《あきら》め、塗笠の武士の素性を調べた。だが、二人の塗笠の武士は、素性の分かる物を何一つ持ってはいなかった。

九字兼定を奪う為に襲った者共が、己の素性の割れる物を持っている筈《はず》はないのだ。

甘いな……。

京之介は、己の迂闊《うかつ》さに苦笑した。


日本橋浜町堀《はまちょうぼり》には、屋根船の明かりが揺れていた。

塗笠の武士は、白鞘の九字兼定を握り締めて家並みの暗い軒下伝《づた》いに進んだ。

四人が斃され、九字兼定を漸く手に入れた。

雑木林で二人、下谷広小路で二人……。

斃した者は、おそらく別人だ。

水戸藩家中の者なのか……。

塗笠の武士は、高砂橋《たかさごばし》の袂《たもと》を過ぎて大名家江戸中屋敷の連なりに入った。そして、ある大名家江戸中屋敷の門前で立ち止まり、尾行《つけ》て来た者の有無を確かめようと背後の闇を窺った。

刹那、闇を切る音が鳴った。

塗笠の武士は、咄嗟に躱《かわ》そうとした。だが、飛来した棒手裏剣は、それを阻んだ。

塗笠の武士は、胸元に次々と棒手裏剣を受けて立ち竦《すく》んだ。

「お、おのれ……」

塗笠の武士は、大名家江戸中屋敷の表門脇の潜り戸に逃げようとした。

片眼の忍びの者が闇から現われ、塗笠の武士の喉元を一閃した。

塗笠の武士は、斬られた喉から血を撒き散らして斃れた。

片眼の忍びの者は、塗笠の武士から九字兼定を奪った。そして、塗笠の武士が入ろうとした大名家江戸中屋敷を一瞥《いちべつ》した。

「やはり、沼津《ぬまづ》藩江戸中屋敷か……」

片眼の忍びの者は、塗笠の武士を一人残して行き先を見定めて殺し、九字兼定を奪って闇に消えた。

浜町堀の奥に船行燈の明かりが揺れ、櫓《ろ》の軋《きし》みが響いた。


刀剣の目利きの集まりは、塗笠の得体の知れぬ武士たちに襲撃され、主宰者の本阿弥光俊たちが殺され、銘刀の九字兼定を奪い盗られた。そして、襲撃した塗笠の武士たちを付け狙う棒手裏剣を遣う手練れがいた。

塗笠の武士たちは何者なのか……。

棒手裏剣を遣う手練れは……。

そして、九字兼定を所持している水戸藩はどうしているのか……。

九字兼定を巡っての暗闘は、秘かに繰り広げられている。

京之介は知った。


裂帛《れっぱく》の気合いは、汐崎藩江戸上屋敷の奥庭に響き渡った。

京之介は、藩主家憲の木刀での鋭い打ち込みを躱し、素早く体《たい》を入れ替えて後ろを取った。

「参った……」

家憲は、潔さと悔しさを交錯させながら木刀を引いた。

「殿、上達されましたな」

京之介は微笑んだ。

「そうか……」

家憲は、嬉しげに顔を輝かせた。

「はい。打ち込みも以前に増して鋭く、力強くなりました。殿が素振りを欠かさずにいるのが良く分かります」

「うん……」

「殿、剣は瞬息《しゅんそく》にございます」

京之介は告げた。

「瞬息……」

家憲は戸惑った。

「はい。剣は瞬息。一度瞬きをし、一度息をする、その僅かな間、瞬間に勝負は決まります」

「剣は瞬息……」

家憲は、己に言い聞かせるかのように呟《つぶや》いた。

「左様にございます」

「京之介、剣は瞬息を学ぶには、どうしたら良いのだ」

「今迄通り、毎日の木刀の素振りを欠かさぬ事です」

京之介は微笑んだ。

「分かった。素振りに励むぞ」

家憲は、少年らしく素直に頷いた。


「いるか、内蔵助……」

京之介は、御側用人の兵藤内蔵助の用部屋に声を掛けた。

「京之介か……」

内蔵助が、用部屋から返事をした。

「うむ。邪魔するぞ」

京之介は、内蔵助の用部屋に入った。

御側用人兵藤内蔵助は、書類を書いていた筆を置いて振り返った。

「どうした……」

内蔵助は、不意に訪れた京之介に微かな戸惑いを覚えた。

「うむ。近頃、水戸家に拘わる事を聞いた覚えはないか……」

「水戸家に拘わる事……」

内蔵助は眉をひそめた。

「うむ……」

水戸家は、前の藩主宗憲の正室で家憲の生母お香《こう》の方の実家であり、汐崎藩の後ろ盾として何かと干渉して来た。

宗憲の死後、幼い家憲を擁立《ようりつ》した汐崎藩に対して水戸家の干渉は激しくなり、京之介たちは必死に排除した。そして、お香の方は髪を下ろして香寿院《こうじゅいん》となり、悪僧に誑《たぶら》かされて汐崎藩を窮地に陥れた。京之介たちは悪僧を始末し、水戸家に香寿院の罪咎《つみとが》を告げ、身柄を引き取るように迫った。

水戸家は、香寿院の罪咎が公儀に知れるのを恐れ、汐崎藩に対する干渉を止めた。

汐崎藩は、漸く水戸家の干渉から逃れたのだ。

「京之介、水戸家に何があった……」

内蔵助は、京之介が水戸家に拘わる何かを知ったと睨んだ。

「それなのだが、内蔵助。水戸藩の国許の御刀蔵から刀が消えた……」

「刀が……」

「うむ。九字兼定という刀だ……」

「九字兼定……」

「左様、知っているか……」

「いいや。九字兼定、どのような刀だ……」

内蔵助は、刀剣に疎《うと》かった。

京之介は、九字兼定がどのような刀か詳しく教えた。

内蔵助は、京之介の話を黙って聞き終えた。

「成《な》る程《ほど》、『臨兵闘者皆陣烈在前』の九字の呪文が刻まれた刀か……」

「うむ……」

「して、その九字兼定が水戸藩の国許の御刀蔵から消えたのか……」

「左様。そして昨夜、江戸の目利きの集まりに出され、塗笠に軽衫袴の者共に奪われた」

「ほう、塗笠に軽衫袴の者共に……」

内蔵助は、厳しさを過ぎらせた。

「うむ。塗笠に軽衫袴の者共の素性は分からぬが、九字兼定を奪って逃げる途中、得体の知れぬ者に襲われた」

京之介は、事態を詳しく説明した。

「九字兼定を奪った塗笠に軽衫袴の者共を襲った者がいるのか……」

内蔵助は、困惑を浮かべた。

「うむ。どうやら事は面妖《めんよう》に絡み合っているようだ。で、水戸家だが……」

「今のところ、これといった事は聞かぬが……」

内蔵助は、首を横に振った。

「片倉伊織はどうかな……」

片倉伊織は、汐崎藩江戸留守居役となって日が浅く、公儀や諸藩との人脈造りに励んでいた。

「伊織は、公儀大目付《こうぎおおめつけ》の阿部頼母《あべたのも》どのの屋敷に行っているが、水戸藩の事に関しては別に何も云ってはいなかったと思うが……」

「そうか……」

京之介は眉をひそめた。

「よし。伊織が戻ったら、京之介の許に行かせよう」

「いや。内蔵助、おぬしが訊いておいてくれ」

「心得た……」

「うむ。それから、伊織に水戸藩江戸留守居役にそれとなく探りをいれろとな」

京之介は、小さな笑みを浮かべた。

汐崎藩江戸上屋敷の長い廊下には、明るい陽差しが溢れていた。

京之介は、御刀番の用部屋に戻ろうとした。

「左さま……」

江戸家老付の家来が追って来た。

「何だ」

「御家老さまがお呼びにございます」

「梶原さまが……」

何かあったのか……。

京之介は、汐崎藩江戸家老梶原頼母の用部屋に急いだ。

「水戸藩江戸家老の岡田采女正《おかだうねめのしょう》が……」

京之介は眉をひそめた。

水戸藩江戸家老は、数珠丸恒次《じゅずまるつねつぐ》の件で切腹した本田修理《ほんだしゅり》に代わって岡田采女正になっていた。

「左様。京之介、おぬしに急ぎ逢いたいと使いの者を寄越したのだ」

汐崎藩江戸家老の梶原頼母は、老顔に戸惑いを浮かべて白髪頭を捻った。

岡田采女正の用は、九字兼定と水戸藩御刀番神尾兵部に拘わりがある……。

京之介の勘が囁いた。

「行ってくれるか……」

梶原は、老顔を強張《こわば》らせて京之介を心配げに見詰めた。

「心得ました」

京之介は頷いた。

「そうか、行ってくれるか……」

梶原は、老顔に微かな安堵を過ぎらせた。

「はい……」

梶原は、京之介の水戸家に対する秘めた怒りを知っている。そして、水戸家が再び汐崎藩に鉾先《ほこさき》を向けるのを恐れていた。

京之介は、梶原を安心させるように微笑みながら頷いた。


小石川《こいしかわ》御門前水戸藩江戸上屋敷は、大藩らしい威厳を漂わせていた。

御三家水戸藩は藩主が定府《じょうふ》と定められており、当主斉脩《なりのぶ》が常にいる江戸上屋敷は緊張感に満ちていた。

京之介は、佐助を従えて水戸藩江戸上屋敷を訪れた。そして、佐助を表門脇の腰掛に待たせ、取次の家来に案内されて江戸家老岡田采女正の許に行く事になった。

「ではな、佐助……」

京之介は、佐助を残して表御殿に向かった。

「お気を付けて……」

佐助は京之介を見送り、表門脇の腰掛に残って辺りを窺った。

中間《ちゅうげん》や小者が忙しく仕事をし、番士たちが見廻りをしていた。

佐助は、水戸藩江戸上屋敷内の様子を中間や小者から秘かに訊き出す役目を負っていた。

さあて……。

佐助は、門番小屋に詰めている小者に笑い掛けた。


書院は薄暗かった。

京之介は、出された茶に手を付けずに岡田采女正が来るのを待った。

「待たせたな」

水戸藩江戸家老の岡田采女正が、配下の家来を従えてやって来た。そして、配下の家来に廊下での見張りを命じ、障子を閉めて京之介に対した。

京之介は、挨拶をしながら岡田采女正の顔に滲む窶《やつ》れに気付いた。

「左京之介、急な呼び出し、申し訳ない。岡田采女正だ」

岡田は、京之介に頭を下げた。

窶れている……。

京之介は、岡田の様子に微かな戸惑いを浮かべた。

「して、岡田さま、御用件とは……」

京之介は、岡田を窺った。

「左、神尾兵部が消息を絶った……」

岡田は、京之介を見詰めて声を潜めた。

京之介は、衝《つ》き上がる驚きを咄嗟に押さえた。

「神尾どのが……」

「うむ。過日、国許の御刀蔵から九字兼定が消えたとの報せを受け、神尾は水戸に向かったのだが……」

岡田は語り始めた。

そこ迄は、京之介も刀剣商『真命堂』道悦から聞いていた。

「水戸城に入り、消えた九字兼定の行方を追い始め、消息を絶った……」

岡田の顔は歪んだ。

「仔細《しさい》は……」

「それが、良く分からぬのだ」

「分かりませぬか……」

京之介は眉をひそめた。

「左様。それで左、おぬし、秘かに神尾兵部を捜しては貰えぬか……」

岡田は、京之介に縋る眼差しを向けた。

「拙者が……」

京之介は戸惑った。

「左、おぬしと神尾兵部の拘わりは、神尾から聞いている。それ故……」

「岡田さま……」

京之介は遮った。

「何だ……」

岡田は眉をひそめた。

「何故、水戸藩家中の者にお命じにならないのですか……」

水戸家は大藩、神尾兵部の行方を追う者などに事欠かぬ筈だ。

京之介に疑念が湧いていた。

「左、おぬしは汐崎藩御刀番であり、刀工左一族の末、和泉守藤原兼定が打った九字兼定がどのような刀か存じておろう」

「一通りは……」

京之介は、岡田を見詰めた。

「その『臨兵闘者皆陣烈在前』の九字の呪文の他に何者かが、将軍家を呪う細工を施したらしい……」

「将軍家を呪う細工……」

『臨兵闘者皆陣烈在前』の九字は、どのような敵も恐れないという護身の呪文である。その九字に将軍家呪詛《じゅそ》の細工をしたとなると、それは将軍家を恐れぬという事なのだ。

将軍家を恐れぬという細工は、即ち将軍家に対する叛心《はんしん》がある証と捉えられても仕方がない。

将軍家に知られてはならぬ……。

岡田は、少なからず焦りを覚えていた。

「左様。如何《いか》に御三家とは申せ、将軍家呪詛が公儀に知れれば只では済まぬ」

岡田は、窶れた顔を歪めた。

「成る程……」

京之介は頷いた。

「我が藩としても、関野十蔵《せきのじゆうぞう》率いる闇同心が動いておる」

「関野十蔵率いる闇同心……」

「うむ。水戸藩の隠密共だ。して、秘かに呪詛の呪文を細工した者は、どうやら水戸藩に深く拘わる者。既に家中の者にどのような手を廻しているやら……」

「内通される恐れがありますか……」

京之介は読んだ。

「如何《いか》にも……」

岡田は、窶れた顔に怒りを過ぎらせた。

「それで拙者ですか……」

「左、汐崎藩に対するその方の忠義は篤《とく》と承知しておる。我が水戸藩は不倶戴天《ふぐたいてん》の敵とも云えよう」

岡田は、冷笑を浮かべた。

「その不倶戴天の敵の頼みで動くとは、誰も思いませぬか……」

京之介は、岡田の腹の内を読んだ。

「左様。藩内に潜む内通者、獅子身中《しししんちゅう》の虫を出し抜くには、手立ては選ばぬ」

岡田は云い放った。

「必要とあらば、敵とも手を結びますか……」

京之介は苦笑した。

「如何にも。私は消息を絶った御刀番神尾兵部の事を、昵懇にしている汐崎藩御刀番の左京之介に尋ねただけだ」

如何に窮地に立たされているとはいえ、岡田采女正は怜悧《れいり》な策士振りを窺わせた。

岡田の策士振りを見るのも面白い……。

「承知しました。神尾兵部どのの行方、追ってみましょう」

京之介は引き受けた。

「うむ。忝《かたじけ》ぬ……」

岡田は頭を下げた。

「ところで岡田さま、九字兼定の持ち出し、神尾どのの行方《ゆきがた》知れず、何者の仕業だとお思いですか……」

「左、おぬしの睨みは……」

「おそらく御三家水戸藩を意の儘《まま》に操ろうと企む者、そう多くはおりますまい」

京之介は、不敵な笑みを浮かべた。

三

左京之介は、水戸藩江戸家老岡田采女正の秘かな頼みを聞き、神尾兵部の行方を追う事になった。

岡田采女正の語った事のすべてが、本当だとは信じられない。

おそらく、京之介に引き受けさせる為、虚実を交えて都合良く語った筈だ。

だが、九字兼定の持ち出し、神尾兵部の行方知れず、水戸藩家中の者が拘わっているのは間違いない。

左京之介を使う……。

岡田采女正は、窶れ気弱になっていても、怜悧な策士振りを失ってはいないのだ。

京之介は苦笑した。

岡田の頼みを引き受けたのは、今迄に陰ながら助力してくれた誠実な神尾兵部を案じての事だ。そして、水戸藩の弱味と敵を知れば、汐崎藩にも損はない。

京之介は、取次の家来に誘《いざな》われて表御殿を出た。


表門の腰掛では、佐助が待っていた。

佐助は、無事に表御殿から出て来た京之介に笑い掛けた。

「待たせたな……」

「いいえ……」

「ならば、参ろう」

京之介は、佐助を伴って水戸藩江戸上屋敷を後にした。

小石川御門前、神田《かんだ》川北岸の道には人が行き交っていた。

京之介は、佐助を伴って神田川沿いの道を東に向かった。

「して、水戸藩家中の様子はどうだった」

「はい。御三家でお殿さまが定府の所為《せい》か何事も厳しそうですが、中間小者に怯えている気配は窺えませんでした……」

「そうか……」

九字兼定と神尾兵部の件は、岡田采女正たち限られた者しか知らないのだ。

京之介は、推し測った。

佐助は、それとなく振り返り、尾行《つけ》て来る者を警戒した。

「どうだ……」

京之介は訊いた。

「今のところ、それらしい者は見えませんが……」

佐助は眉をひそめた。

「必ずいるか……」

「きっと……」

佐助は、厳しい面持ちで頷いた。

水戸藩を操ろうとする敵に拘わる者がいれば、岡田采女正と京之介が何を話したか知ろうと何らかの探りを入れてくる筈だ。もし、敵でなければ、水戸藩闇同心が尾行て来るかもしれない。

今迄の関野十蔵なる者の率いる水戸藩闇同心は敵であり、これからも味方になるとは限らない。

何《いず》れにしろ、既に何者かの見張りが付いた筈だ。

所詮は一人、頼るは霞左文字……。

覚悟は決まっている。

「ならば、神田《かんだ》明神に寄るか……」

京之介は、尾行て来る者を誘うように神田明神に向かった。


神田明神の境内は参拝客で賑わっていた。

京之介と佐助は、茶店で茶を飲みながら境内を見廻した。

拝殿、露店、石灯籠、木立などの陰に、見張っていると思われる不審者はいない。

京之介は見定め、九字兼定、神尾兵部の失踪、そして水戸藩江戸家老岡田采女正との話を佐助に詳しく教えた。

「京之介さまは、岡田の頼みを聞いて神尾兵部さまの行方を……」

佐助は眉をひそめた。

「追う……」

京之介は頷いた。

「では、水戸に……」

「行かねばなるまい……」

「ならば、手前も……」

「うむ。楓《かえで》に事の次第を伝え、水戸に先行して、神尾兵部どのの足取りと噂を探してくれ」

京之介は、佐助に素早く切り餅を渡した。

「路銀《ろぎん》だ……」

「こ、こんなに……」

佐助は驚いた。

切り餅は、一分《ぶ》銀百枚を紙で四角く包んだ物だ。一分は四分の一両であり、百枚では二十五両の大金になる。

「岡田采女正から渡された軍資金だ。楓と分け、遠慮なく使うが良い」

京之介は微笑んだ。

「そうですか。ならば……」

佐助は、切り餅を懐に入れた。

裏柳生《うらやぎゅう》の抜け忍、くノ一の楓が何処《どこ》に暮らし、何をしているのかを知っているのは佐助だけだった。

「うむ……」

京之介と佐助は、手筈を詳しく打ち合わせした。


神田川の流れは煌《きら》めいていた。

佐助は、神田川に架かっている昌平《しょうへい》橋を渡って八《や》ッ小路《こうじ》に進んで行った。

京之介は、佐助を追って行く者がいるかどうか見定めようとした。

佐助は、八ッ小路から神田須田町《すだちょう》の通りに入って行った。

此のまま楓と繋《つな》ぎを取り、その足で常陸《ひたち》国水戸に向かう。

佐助を追って行く者はいない……。

京之介は見定めた。


愛宕下大名小路、汐崎藩江戸上屋敷は西陽に照らされた。

京之介は、御側用人兵藤内蔵助の用部屋を訪れ、江戸留守居役片倉伊織を呼んだ。

片倉伊織は、内蔵助の用部屋を訪れ、京之介がいるのに緊張した。

「何か……」

「うむ。京之介が水戸藩江戸家老の岡田采女正に頼まれ、水戸に行く事になった」

内蔵助は、伊織に告げた。

「岡田采女正に頼まれて……」

伊織は戸惑った。

「うむ。伊織、近頃、水戸藩に拘わる噂は聞かぬか」

京之介は尋ねた。

「水戸藩に拘わる噂ですか……」

「左様……」

「さあて、水戸藩に拘わる噂となると……」

伊織は、困惑した面持ちで首を捻った。

「取り立てて聞かぬか……」

「はい。近頃、諸大名の江戸留守居役の間で囁かれている噂は、沼津藩の土方縫殿助《ひじかたぬいのすけ》が妙に大人しく、鳴りをひそめているというものぐらいでして……」

「土方が妙に大人しい……」

京之介は眉をひそめた。

土方縫殿助は、駿河《するが》国沼津藩藩主で老中の水野忠成《みずのただあきら》の懐刀《ふところがたな》と称され、名刀五郎正宗《ごろうまさむね》や備前長船《びぜんおさふね》を巡って汐崎藩に難題を突き付けて来た策士だ。

「はい。あまり出歩いている様子もなく、ひょっとしたら病でも患《わずら》い、鬼の霍乱《かくらん》で頓死《とんし》でもしたんじゃあないかと。もっとも、憎まれっ子世に憚《はばか》るとも云いますから、淡い期待って奴ですがね」

伊織は笑った。

「そうか。土方が大人しいか……」

京之介は、想いを巡らせた。

「何か気になるのか……」

内蔵助は眉をひそめた。

「うむ。土方が大人しいのは、何らかの陰謀を巡らしている最中だからではないかな」

京之介は、土方縫殿助の動きを読んだ。

「成る程。もしそうなら、土方のその陰謀が何か知りたくなるな」

内蔵助は苦笑した。

「ひょっとしたら、九字兼定、神尾兵部どのの失踪と拘わりがあるのか……」

京之介は、厳しい睨みをみせた。

「うむ。伊織、土方縫殿助が何故に大人しいのか、噂を集めてみろ」

内蔵助は命じた。

「心得ました」

伊織は、緊張を滲ませて頷いた。

「よし。ならば内蔵助、後は頼む」

京之介は、内蔵助に微笑み掛けた。

汐崎藩江戸上屋敷は夜の闇に包まれた。

京之介は、いつもと変わらぬ姿で表門脇の潜り戸を出た。

愛宕下大名小路に人影はなく、静けさが満ちていた。

京之介は、暗い大名小路を見廻した。

殺気や人の視線は窺えない……。

だが、何者かが秘かに見張っていないとは云い切れない。いや、見張られていると思った方が良いのだ。

「ではな……」

京之介は、見送りの中間を労《ねぎら》って夜の大名小路に踏み出した。

「お気を付けて……」

中間は、京之介を見送って潜り戸を閉めた。

京之介は、大名小路を幸橋御門前久保《くぼ》丁原《ちようはら》に進んだ。

このまま、日本橋から千住《せんじゅ》に抜けて水戸街道を常陸《ひたち》国水戸藩に向かう。

常陸国水戸藩までは、江戸の日本橋から三十里だ。

おそらく見張りは、京之介が水戸で何をするのか見定める為、途中での手出しはして来ない筈だ。
京之介は、様々な想いを巡らしながら夜道を急いだ。

日本橋から下谷《したや》を抜け、隅田川《すみだがわ》に架かっている千住大橋を渡ると千住の宿になる。
千住の宿は、水戸街道、日光《にっこう》街道、奥州《おうしゅう》街道などへの出入口だ。
夜明け。
千住の宿は、早立ちの旅人で賑わっていた。
京之介は、茶店で一寝入りし、道中仕度を整えて腹拵《はらごしら》えをした。
道中仕度といっても、替えの草鞋《わらじ》と握り飯や水を買い整えただけだ。
千住の宿から水戸迄二十八里……。
「よし……」
京之介は、常陸国水戸に向かって歩き出した。
追って来ている者の気配は、未だに窺えなかった。
御三家水戸藩を相手に陰謀を巡らすとなれば、只の大名ではない。

もし、老中水野忠成が絡んでいるとしたら、追って来る者は土方縫殿助配下の影《かげ》目付《めつけ》たちかもしれない。だが、水戸藩の関野十蔵配下の闇同心たちも棄て切れない。

何れにしろ、仕掛けて来たら何者であろうが、容赦なく斬り棄てる……。

京之介は、周囲を窺いながら足早に進んだ。

水戸街道には、多くの旅人が行き交っていた。

千住宿から松戸《まつど》宿までは三里十一丁。

京之介は、松戸宿に急いだ。


水戸街道長岡《ながおか》宿は、水戸へ二里八丁の処《ところ》にあった。

佐助は、三度笠に縞《しま》の合羽《かっぱ》を纏《まと》って渡世人《とせいにん》を装い、長岡宿の茶店に立ち寄った。

「父《と》っつあん、何か食い物はあるかな」

佐助は、茶店の老亭主に声を掛けながら縁台に腰掛けた。

「食い物は団子か餅だよ」

老亭主は、注文を取りに出て来た。

「父っつあんのお勧めはどっちだ」

「まあ、団子はこの辺じゃあ一番だ」

老亭主は、自慢げに告げた。

「じゃあ、団子と茶を貰おうか……」

佐助は注文した。

「へい……」

老亭主は、店の奥に入って行った。

佐助は、茶店の横手の井戸端に行き、顔や手足を洗い始めた。

街道には旅人が行き交っていた。

裏柳生の抜け忍、くノ一の楓は既に水戸城下に入り、京之介も今朝早く江戸を出立した筈だ。

佐助は、顔と手足を洗って茶店に戻った。

「おまちどお……」

老亭主が、団子と茶を持って来た。

「おう。こいつは美味そうな団子だな」

「そりゃあもう……」

「いただくぜ……」

佐助は団子を食べた。

老亭主は、佐助の反応を待った。

「美味《うめ》え……」

佐助は、大袈裟に唸った。

「そうだろう。美味いだろう……」

老亭主は、自慢げに笑った。

「ああ……」

佐助は、団子を食べて茶を飲み、お代わりをした。

「そんなに美味いか……」

老亭主は喜んだ。

佐助は、お代わりをした団子も食べ終わり、茶をすすった。

「旅人さん、水戸に行くのかい……」

老亭主は、団子を美味いと云ってお代わりをした渡世人が気に入った。

「ああ。父っつあん、水戸の繁盛振りはどうだい」

「まあ、そこそこだ」

「そこそこなら、賭場も相変わらずだな」

「賭場か、賭場はなあ……」

老亭主は、白髪眉をひそめた。

「賭場、どうかしたのか……」

佐助は、探りを入れた。

「近頃、水戸の夜は役人たちの見廻りが厳しくなってな、賭場もあまり開けないらしいぜ」

「役人の見廻りが厳しい……」

佐助は、戸惑いを浮かべて見せた。

「ああ……」

「水戸で何かあったのか……」

「旅人さん、こいつは噂だけどな。水戸藩のお宝を盗もうとした奴らがいたそうだ」

「へえ、水戸藩のお宝……」

水戸藩のお宝とは、九字兼定なのかもしれない。

佐助は読んだ。

「ああ……」

「で、水戸藩のお宝、どうなったんだい」

「そいつが、若い尼御前が現われ、お宝を盗もうとした奴らを皆殺しにしたって噂だ」

老亭主は、恐ろしそうに声を潜めた。

「若い尼御前って、女が……」

佐助は驚いた。

「ああ。若い尼御前だ。まるで鬼女だな……」

老亭主は、嗄《しやが》れ声を震わせた。

「若い尼御前……」

佐助は、若い尼御前が気になった。

「ああ。役人の見廻りが厳しくなったのはその所為《せい》だって専《もつぱ》らの噂でな。気の毒に、賭場も迷惑な話だぜ」

老亭主は苦笑した。

「うん、そいつは、水戸の博奕打《ばくち》ちの貸元も大変だな」

佐助は、博奕打ちの貸元に同情してみせた。


街道沿いの田畑の緑は、吹き抜ける風に大きく揺れていた。

松戸宿を抜けた京之介は、我孫子《あびこ》宿、取手《とりで》宿、藤代《ふじしろ》宿を過ぎ、牛久《うしく》宿に向かっていた。

牛久は江戸日本橋から十六里、常陸国牛久藩一万石山口但馬守《やまぐちたじまのかみ》の領地だ。

京之介は、牛久に後一里の若芝《わかしば》村に差し掛かった。

街道沿いには三間《けん》弱の小川が流れ、畔の木が涼しげな木陰を作っていた。

一休みだ……。

京之介は、小川の畔の木陰に下り、顔と手足を洗って磨り減った草鞋は履き替えた。そして、千住宿で購《あがな》った握り飯を食べ始めた。

街道を行き交う者たちは、小川の畔の木陰で握り飯を食べる京之介を一瞥《いちべつ》して行く。

京之介は、行き交う者たちの視線を感じた。
視線に殺気など剣呑《けんのん》なものはない……。
京之介は、握り飯を食べ終え、小川で手を洗った。
不意に殺気が湧いた。
京之介は、咄嗟に霞左文字を握り締めて街道を振り返った。
刹那、小川の対岸に塗笠に軽衫袴の武士が現われて地面を蹴った。
京之介は振り返った。
塗笠に軽衫袴の武士は、小川を跳び越えて京之介に斬り掛かった。
京之介は、振り返り態《ざま》に霞左文字を横薙ぎに一閃した。
塗笠に軽衫袴の武士は、胸元を横薙ぎに斬られ、叩き付けられたように小川に落ちた。
水飛沫《みずしぶき》が煌めいた。
京之介は、残心《ざんしん》の構えを取って小川に落ちた塗笠に軽衫袴の武士を窺った。
塗笠に軽衫袴の武士は、小川に赤い血を広げながら流されて行く。
京之介は見送り、霞左文字に拭いを掛けて鞘に納めた。

塗笠に軽衫袴の武士は、目利きの集まりを襲った者共の一人だ。

土方縫殿助配下の沼津藩影目付か、それとも水戸藩の関野十蔵が率いる闇同心なのか……。

何れにしろ、敵は牙を剝き始めた。

京之介は、街道に戻って牛久に急いだ。


陽は西に大きく傾き始めた。

土浦《つちうら》、稲吉《いなよし》……。

京之介は街道を進み、稲吉の次の府中宿《ふちゆう》に着いた。

府中宿は江戸から二十一里、二万石の大名松平播磨守《まつだいらはりまのかみ》の領地だ。

水戸まで残り九里……。

京之介は、日暮れ前に旅籠《はたご》『伊豆屋《いず》』に宿を取った。


明日は早立ちをする。

京之介は、旅籠『伊豆屋』の番頭に告げて早々に風呂と晩飯を済ませ、蒲団に入った。

旅籠『伊豆屋』は、戌《いぬ》の刻五つ（午後八時）には泊まり客の寝息に満ちた。

真夜中、京之介は眼を覚ました。

客室は夜の闇に満ちていた。

京之介は、寝息を立てたまま闇を窺った。

庭から僅かな虫の音が聞こえるだけで、闇は動かなかった。

だが、京之介は闇からの視線を感じていた。

何者かが隠形《おんぎょう》し、見張っている……。

京之介は、寝息の間隔を僅かに変えた。

隠形していた者は、己の息遣いを素早く京之介の変えた寝息に合わせた。

隠形している者の息が、一瞬乱れた。

一瞬乱れた息は、隠形している者の場所を教えた。

京之介は素早く起き上がり、脇差を天井に投げ付けた。

脇差は天井に突き刺さり、隠形していた者の息を激しく乱した。

隠形していた者は、天井裏を庭に走った。

京之介は、霞左文字を手にして庭に急いだ。

四

旅籠『伊豆屋』の庭では、僅かな虫の音が聞こえていた。
忍びの者は、旅籠『伊豆屋』の屋根から飛び降りた。
虫の音は消えた。
京之介が客室から現われ、忍びの者に霞左文字を抜き打ちに放った。
忍びの者は、太股を斬られて前のめりに倒れ込んだ。
京之介は、倒れ込んだ忍びの者に霞左文字を突き付けた。
忍びの者は、斬られた太股から血を流して凍て付いた。
「沼津藩の影目付か、それとも水戸藩の闇同心か……」
京之介は、忍びの者の喉元に霞左文字の鋒《きっさき》を押し付けた。
忍びの者は仰け反り、喉仏を恐怖に引き攣《つ》らせた。
「どちらだ……」

京之介は、霞左文字の鋒に力を籠めた。
「お、俺は……」
忍びの者は、嗄れ声を震わせた。
刹那、闇から殺気が放たれた。
京之介は、咄嗟に身構えた。
次の瞬間、空を切る音が短く鳴り、忍びの者の額に棒手裏剣が突き刺さった。
忍びの者は、叩き付けられるように背後に斃れた。
京之介は、霞左文字を構えて棒手裏剣が放たれた闇を窺った。
踏み込めば、棒手裏剣が放たれる。
京之介は、闇を油断なく見据えた。
闇から微かな声が聞こえた。
京之介は、微かな声を聞き取ろうとした。
微かな声は呪文だった。
臨兵闘者皆陣烈在前……。
京之介は、呪文が護身の秘呪である九字だと気付いた。

臨兵闘者皆陣烈在前……。

九字の呪文は、男か女か分からぬ嗄れ声で唱えられ、消えていった。

京之介は、九字の呪文の消え去った闇を見据えた。

虫の音が湧いた。

忍びの者の口を封じ、九字の呪文を唱えていた者は消え去った。

九字の呪文を唱えていた者は、水戸藩御刀蔵から消えた九字兼定と拘わりがあるのか……。

京之介は客室に戻った。


旅籠『伊豆屋』の客室には、庭の虫の音が聞こえた。

京之介は、天井から脇差を抜き取り、霞左文字の手入れをした。

放たれた殺気は、京之介ではなく捕らえられた忍びの者に対してのものだった。

口封じ……。

たとえ仲間であっても、邪魔になれば護身の法である臨兵闘者皆陣烈在前の九字の呪文を唱えながら、情け容赦なく始末する。

何者なのだ……。

京之介は、下谷広小路で塗笠に軽衫袴の武士が棒手裏剣で斃されたのを思い出した。

九字の呪文を唱える棒手裏剣の遣い手は、塗笠に軽衫袴の武士の敵なのは間違いないのだ。

ひょっとしたら、沼津藩の影目付や水戸藩の闇同心ではない新たな組織の者なのかもしれない。

京之介は、護身法九字の呪文を唱える忍びの者たちの存在を知った。


丑《うし》の刻八つ半（午前三時）。

京之介は、旅籠『伊豆屋』を早立ちし、暗い夜道を水戸に向かった。

水戸まで九里……。

京之介は、未だ人気《ひとけ》のない暗い水戸街道を足早に進んだ。

周囲の闇に見張っている者の気配は窺えない。だが、見張る者がいない筈はないのだ。

京之介は睨んだ。

佐助と楓は、既に水戸の城下に潜入し、探索を始めている筈だ。

神尾兵部の消息と九字兼定の行方に関し、何か掴めたのか……。

京之介は、周囲の闇を巻き込むような勢いで水戸街道を進んだ。


「奴が左京之介か……」

小柄な忍びの者は、水戸街道を行く京之介を示した。

「はい。刀工左一族の末で汐崎藩の御刀番にございます」

左眼を鐔《つば》で覆った隻眼《せきがん》の忍びの者は、水戸に向かって足早に立ち去って行く京之介を見送った。

「汐崎藩の者が何故、此度《こたび》の一件に拘わる」

小柄な忍びの者は、覆面の間の眼を鋭く輝かせた。

「御前さま。水戸藩闇同心に潜む者によれば、左は過日、水戸藩江戸家老の岡田采女正に呼ばれ、逢っています」

「ならば、岡田に命じられての事か……」

御前と呼ばれた小柄な忍びの者は、覆面の間の眼に疑念を滲《にじ》ませた。

「いえ。水戸藩は、今迄に何度か汐崎藩を窮地に陥らせた敵。左が易々《やすやす》と引き受けるとは思いませぬ」

隻眼の忍びの者は読んだ。

「ならば……」

御前は眉をひそめた。

「神尾兵部は水戸藩御刀番、左とは同じ御刀番として昵懇の仲だと聞き及びます。岡田は左に神尾から何か聞いていないか尋ねたそうにございます」

「ならば左京之介、己の意志で神尾兵部の消息を追い始めたと申すか……」

御前は、京之介が乗り出した理由を読んだ。

「おそらく……」

隻眼の忍びの者は頷いた。

「もしそうなら、面白い奴だな」

御前は笑った。

「御前さま……」

隻眼の忍びの者は苦笑した。

「隻竜《せきりゅう》、左京之介に好きにやらせ、沼津藩影目付と水戸藩の闇同心をどうするか見守るのも一興《いっきょう》だな……」

御前は、隻眼の忍びの者に笑い掛けた。

「左様にございます」

隻竜と呼ばれた隻眼の忍びは頷いた。

「土方縫殿助、岡田采女正、虎の威を借る狡猾な者共を必ず仕留めてくれる」

御前は、覆面の間の眼を楽しげに煌めかせた。


水戸街道の両脇の田畑の緑は風に揺れ、眩《まぶ》しい程に輝いていた。

竹原《たけはら》、片倉《かたくら》、小幡《おばた》、長岡……。

京之介は、府中宿からの九里を一気に進んで水戸城下に入った。

常陸国水戸藩城下町は賑わっていた。

水戸徳川家は、尾張《おわり》徳川家や紀州《きしゅう》徳川家と並ぶ御三家であり、三十五万石を誇る大藩である。そして、藩主は参勤交代をせず、常に江戸に居住する定府を命じられ、用がある時に国許に戻っていた。

水戸城下は、城の西の台地上の町を上町と称し、東の低地の町を下町と呼び、二万人以上の人々が暮らしていた。

水戸藩御刀番の神尾兵部は、此の水戸藩城下の何処かで消息を絶った。

京之介は、城下町を進んで水戸城の周囲を歩いた。

水戸城は本丸、二の丸、三の丸があり、五重の堀があった。

消えた九字兼定が納められていた御刀蔵は、本丸の宝物蔵の傍にある……。

京之介は、神尾の言葉を思い出した。

水戸城内に忍び込み、御刀蔵を破って九字兼定を奪い盗るのは容易な事ではない。

だが、九字兼定は御刀蔵から忽然と消えたのだ。

沼津藩の土方縫殿助配下の影目付の仕業なのか……。

報せを受けた神尾兵部は、御刀番として江戸から水戸に急いだ。そして、水戸で消えた九字兼定の探索を始めたところで消息を絶った。

神尾兵部は、何故に消息を絶ったのか……。

他者によっての行方知れずなら、何者の仕業なのか……。

神尾兵部は、達人ではないがそれなりの剣の遣い手だ。消えた九字兼定を追って影目付と遣り合い、その身に何かが起こったのかもしれない。

何かとは、殺されたか捕らえられたかだ。

何れにしろ、先ずは神尾の生死を見定めなければならない。

京之介は、家臣たちの暮らす武家屋敷街に向かった。

神尾兵部の家は代々江戸詰めの家臣だが、神尾家本家は水戸にあった。

京之介は、神尾家本家の屋敷を窺った。

痩せた中年の武士が、下僕を従えて下城して来て神尾屋敷に入って行った。

神尾家本家の当主……。

京之介は見定めた。

神尾家本家の当主は郡奉行《こおりぶぎょう》の役目に就いており、代を重ねて分家の末である江戸詰めの神尾兵部の家とは既に遠い縁戚でしかなく、付き合いはなかった。

京之介は、かって神尾兵部に聞いた話の断片を繋ぎ合わせながら本家の屋敷を窺った。

神尾家本家の屋敷には長閑《のどか》な気配が漂っており、神尾兵部の行方知れずに拘わった。

ている緊張感はなかった。

京之介は見定め、神尾家本家の屋敷から離れた。


水戸城の天守閣は西陽に輝いた。

京之介は、水戸城を訪れて城詰めの御刀番が誰か調べた。

水戸城詰めの御刀番は、江戸上屋敷詰めの御刀番頭の神尾兵部の配下になる。

城詰めの御刀番には、安積格之助《あづみかくのすけ》という名の若い家来がいた。

安積格之助……。

京之介は、若い安積格之助を聞き込みの相手に決めた。


水戸城下は夕暮れ時を迎えた。

京之介は、旅籠『きぬ屋』に宿を取り、二階の廊下の窓の外に刀剣商『真命堂』から貰った手拭いを干した。

手拭いには、『刀剣商・真命堂』の文字が染め抜かれていた。

既に探索を始めている佐助と楓は、手拭いを見て京之介が到着した事を知り、旅籠『きぬ屋』に現われる筈だ。

京之介は、佐助と楓の現われるのを待つ事にした。


旅籠『きぬ屋』には、多くの客が泊まっていた。

京之介は、晩飯を済ませて茶を飲んでいた。

客室前の廊下に人がやって来た。

「京之介さま……」

廊下から佐助の声がした。

「うん……」

京之介が返事をすると、佐助と楓が素早く入って来た。

「ご苦労……」

京之介は、佐助と楓を労った。

「いいえ。真命堂の手拭いを見たので、きぬ屋に宿を取りました」

佐助と楓は、京之介の宿を知り、旅の商人夫婦として旅籠『きぬ屋』に泊まる事にしたのだ。

「そうか……」

京之介は、佐助と楓に茶を淹《い》れてやった。

「これは、畏《おそ》れ入ります」

佐助と楓は恐縮した。

「なあに、きぬ屋の客同士だ……」

京之介は笑った。

「はい……」

佐助は茶を飲んだ。

「楓、いつも済まぬ」

京之介は、楓に頭を下げた。

「いや。きぬ屋の客や周囲に怪しい者はおらぬ……」

楓は報せた。

「そうか。して、どうだ……」

京之介は、佐助と楓に尋ねた。

「はい。神尾さまは、水戸城に到着するなり、九字兼定が納められていた御刀蔵を調べ始め、その夜の内に姿を消したそうです」

佐助は、水戸城の中間小者や出入りの商人に金を握らせ、情報を得ていた。

「水戸に着いた夜……」

「はい。それで、御刀番や目付たちが急ぎ捜したが、神尾さまは見付からず、江戸の岡田采女正に報せたそうです」

「以来、消息を絶っているか……」

京之介は眉をひそめた。

「はい。京之介さま、神尾さまは御刀蔵を調べ、九字兼定を奪い盗った曲者《くせもの》の手掛かりを見付けたのではないでしょうか……」

佐助は読んだ。

「して、手掛かりを追って消えたか……」

京之介は読んだ。

「それとも、曲者に手掛かりを見付けたのを気付かれ、先手を打たれたか……」

佐助は眉をひそめた。

「うむ……」

京之介は、佐助の読みを否定出来なかった。

「ところで、水戸藩には闇同心なる者共がいる筈だが、神尾どのの探索に拘わっているのか……」

「さあ、そこ迄は……」

佐助は首を捻った。

「闇同心か……」

楓は、京之介に尋ねた。

「聞いているか……」

「関野十蔵という目付がいる。その配下の者共かもしれぬ」

楓は読んだ。

「そいつだな……」

「奴らは、神尾兵部より九字兼定の行方を追っている」

楓は苦笑した。

関野十蔵率いる闇同心は、消えた九字兼定の行方を追っているのだ。

京之介は知った。

「そうか。で、楓、九字兼定を奪い盗ったのが何者か分かったか……」

「本丸の傍にある御刀蔵の切妻《きりづま》の下が僅かに破られていた。おそらく、そこから御刀蔵に忍び込み、九字兼定を盗み出した……」

楓は告げた。

「ならば、九字兼定を盗み取ったのは、忍びの者か……」

京之介は訊いた。

「間違いあるまい……」

楓は頷いた。

「じゃあ、神尾さまも……」

佐助は、神尾の行方知れずにも忍びの者が拘わっていると睨んだ。

「おそらく……」

楓は頷いた。

京之介は、府中宿の旅籠に現われた忍びの者を思い浮かべた。

「京之介さま、奪われた九字兼定には、九字の呪文が彫られているのか……」

楓は訊いた。

「うむ。茎《なかご》に『臨兵闘者皆陣烈在前』の九字の護法の呪文が刻まれている」

「そうか……」

楓は眉をひそめた。

「楓、途中、府中の宿で私を見張る忍びの者がいてな……」

京之介は、府中宿で見張る忍びの者を捕らえて吐かせようとした時、九字の呪文を唱える者に口を封じられた事を教えた。

「九字の呪文を唱える忍びか……」

楓は、厳しさを過ぎらせた。

「知っているか……」

「出羽三山《でわさんざん》に九字を唱える忍びがいると聞いた事がある」

「出羽三山か……」

出羽三山とは、出羽国にある月山《がっさん》、羽黒山《はぐろさん》、湯殿山《ゆどのさん》を称し、修験道《しゅげんどう》などの信仰の山だ。

「うむ。私もどのような忍びの者か、詳しくは知らぬが……」

「楓、九字の呪文を唱える忍びの者、此度の一件に拘わっているのは間違いない。

調べてみてくれ」

「心得た……」

楓は頷いた。

「佐助、城詰めの御刀番安積格之助の屋敷を知っているか……」

「はい……」

佐助は、既に水戸藩御刀番の者たちを調べていた。

「よし。これから、話を聞きに行く」

京之介は、冷笑を浮かべた。


旅籠『きぬ屋』の客たちは、旅の疲れと翌日の早立ちに備えて既に眠っていた。

京之介は、旅籠『きぬ屋』の潜り戸を出た。

表の暗がりには、既に佐助が待っていた。

京之介は、城の西側にある武家屋敷街に向かった。

佐助は、辺りに油断なく眼を配り、京之介に続いて暗がり伝いを進んだ。

京之介は、歩きながら周囲の暗がりに殺気を放った。

横手の暗がりが微かに揺れた。
尾行てくる者がいる……。
京之介は見定めた。
水戸藩の闇同心か沼津藩の影目付、それとも九字の呪文を唱える忍びの者共か……。
何れにしろ、此のまま安積格之助の許に連れて行く訳にはいかない。
始末する……。
京之介は、不意に横手の暗がりに向かって走った。
覆面をした武士が、横手の暗がりを激しく揺らして京之介に斬り掛かった。
京之介は、霞左文字を抜き打ちに放った。
覆面をした武士は、脇腹を斬られて地面に叩き付けられた。
刀が音を立てて転がった。
覆面をした武士は、斬られた脇腹から血を流して苦しく踠《もが》いた。
「水戸藩の闇同心か……」
京之介は見据えた。

「お、おのれ……」
覆面をした武士は、京之介の言葉を否定せずに嗄れ声を苦しく震わせた。
京之介は、覆面をした武士を水戸藩の闇同心だと見定めた。
他にも潜んでいるのか……。
京之介は、周囲の闇に殺気を鋭く放った。
反応はなかった。
京之介は、他に見張りや尾行ている者がいないのを見定めた。
此迄《これまで》だ……。
「所詮、影目付の敵ではない……」
京之介は、苦しく踠《もが》いている覆面の武士に嘲笑を浴びせ、安積格之助の屋敷に急いだ。
斬られた闇同心がどう動くかは、佐助が見届ける手筈だ。
神尾兵部は無事でいるのか……。
京之介は探索を急いだ。

第二章　尼御前忍び

一

覆面の武士は、立ち上がろうと必死に踠《もが》いた。だが、脇腹から血が流れ続け、立ち上がる事は叶わなかった。

未《ま》だだ……。

佐助は、踠く覆面の武士を冷たく見守った。

覆面の武士は、立ち上がるのを諦めたのか踠くのを止めた。

今だ……。

佐助は、暗がりを出て覆面の武士に駆け寄った。

「旦那……」

佐助は、倒れている覆面の武士に気付いて驚き、恐ろしそうに声を掛けた。

「た、助けてくれ……」

覆面の武士は、嗄れ声を震わせて助けを求めた。

「へ、へい。しっかりしなせえ……」

佐助は、覆面の武士を助け起こし、肩を貸して立ち上がらせた。

「す、済まぬ……」

「いえ。で、どちらに……」

佐助は尋ねた。

庭に銀杏《いちょう》の大木のある屋敷……。

京之介は、佐助に聞いた安積屋敷の目印である銀杏の大木を探した。

銀杏の大木のある屋敷はあった。

安積屋敷だ……。

京之介は、安積屋敷を訪れて主の格之助に面談を求めた。

京之介は、玄関脇の座敷に通された。

「主の格之助は直ぐに参ります」

若い妻女は、京之介に茶を差し出した。

「夜分、申し訳ござらぬ」

京之介は詫びた。

「いえ……」

妻女は立ち去った。

「お待たせ致しました。安積格之助です」

安積格之助は、若い顔に緊張を滲ませて現われた。

「私は左京之介、江戸家老の岡田采女正さまから神尾兵部どのの行方知れずを聞き、秘かに参った者です」

京之介は、水戸藩江戸家老岡田采女正の命を受けて来たかのように告げた。

「お、岡田さまの……」

安積は、京之介が岡田采女正の隠密だと思い込んだ。

「して、安積どの、神尾どのが消息を絶った時の様子、御存知の限り教えて戴きたい」

京之介は、安積を見据えた。

「は、はい。神尾さまは消えた九字兼定を探し、不意に行方知れずになられました」

安積は、緊張を露わにした。

「神尾どのは行方知れずになる前、何か云ってはいなかったかな」

「此《これ》と云って、取り立てて……」

安積は首を捻った。

「ならば、消えた九字兼定に拘わらぬ事でもいいが……」

「はあ。そう言えば、神尾さま、冗談を仰っていました」

「冗談……」

京之介は、思わず聞き返した。

「ええ。あの頃、城下に旅の祈禱師が来ていましてね。大店《おおだな》の主や庄屋などから大金を貰って家内安全商売繁盛や病快癒《かいゆ》などの加持《かじ》祈禱をしていまして……」

「祈禱師……」

京之介は戸惑った。

「はい。それも尼御前さまの祈禱師で、領民どもの間で、そりゃあ話題になりまして……」

「尼御前の祈禱師……」

京之介は眉をひそめた。

「はい。神尾さまは、その尼御前さまに九字兼定の行方を祈禱して貰うかと、冗談を仰っていました……」

安積は告げた。

それだ……。

京之介の勘が囁いた。

神尾兵部は、尼御前の祈禱師が九字兼定の消えた事に拘わりがあると睨み、秘かに接触をして消息を絶ったのだ。

京之介は睨んだ。

「して安積どの、その尼御前、名は何と申すのだ」

「確か、月光尼《げっこうに》さまとか……」

安積は、思い出すように告げた。

「その月光尼、今は何処にいるのだ」

「さあ、既に水戸を発ち、江戸に向かったと聞きましたが……」

「ならば、水戸で加持祈禱をしていた時、何処にいたのだ」

「妙西寺《みょうせいじ》ですが……」

「妙西寺、何処にある……」

「仙波《せんば》沼の東の畔にあります」

「仙波沼の東の畔……」

仙波沼は、水戸城下の外れにあった。

「ええ。無住の寺でしてね。尼御前さま一行は、檀家総代の庄屋から借りたんじゃありませんか……」

「そうか……」

「あの尼御前さま、九字兼定や神尾さま行方知れずに何か拘わりが……」

安積は眉をひそめた。

「安積どの、私が来た事は他言無用。特に目付の関野十蔵にはな」

京之介は遮った。

「目付の関野さま……」

「左様。万一、洩《も》らした時は私も岡田采女正さまも放っては置かぬ」

京之介は、岡田采女正の名を出して脅した。

「それはもう、確《しか》と心得ております」

安積は、怯《おび》えたように頷いた。

京之介は、明朝早く仙波沼の畔の妙西寺に行く事にした。


水戸城下外れの武家屋敷は、佐助が脇腹を斬られた覆面をした武士を担ぎ込むと同時に明かりが灯された。

武家屋敷にいた武士たちは、脇腹を斬られた覆面をした武士を奥に運んだ。

佐助は、玄関先に残された。

闇同心の根城……。

佐助は、武家屋敷内を窺った。

武家屋敷内には、緊張感が満ちていた。

「その方《ほう》が、連れて来てくれたのか……」

壮年の武士が、二人の配下を従えて式台《しきだい》に現われた。

「へ、へい……」

「礼を申す。して、斬った者を見たか……」

「へい……」

佐助は頷いた。

「塗笠を被《かぶ》っていたか……」

「暗くて良く見えませんでしたが、確か被っていたような」

佐助は、困惑したように首を傾げた。

「ならば、何か申してはいなかったか……」

「確か、影目付の敵ではないとか云って、笑っていました」

佐助は、思い出すように告げた。

「関野さま……」

配下の一人が、怒りの滲んだ眼で壮年の武士を見た。

壮年の武士は、水戸藩闇同心を率いる関野十蔵だった。

佐助は知った。

「うむ。斬ったのは、沼津藩影目付に相違あるまい」

関野は睨んだ。

「おのれ……」

二人の配下は熱《いき》り立った。

「最早《もはや》、容赦は要らぬ。水戸に潜む影目付共を皆殺しにしろ」

関野は命じた。

「はっ……」

二人の配下は、屋敷の奥に立ち去った。

「その方、名は何と申す」

関野は、佐助を見据えた。

「左吉《さきち》にございます」

佐助は、偽名を告げた。

「左吉、何をしていた」

「えっ……」

「夜中に何をしていたのだ」

関野は、佐助に厳しい眼を向けた。

「そいつは、賭場に行く途中でして……」

佐助は笑った。

「賭場、左吉は博奕《ばくち》打ちか……」

「旅の渡世人です」

「そうか。賭場に行く途中だったのか……」

関野は苦笑した。

「へい……」

「ならば、博奕の軍資金にするのだな」

関野は、佐助に一両小判を放った。

佐助は、一両小判を受け取って嬉しげに笑った。


闇同心屋敷の潜り戸が開いた。

饅頭《まんじゅう》笠を被った数人の托鉢《たくはつ》坊主が現われ、錫杖《しゃくじょう》の鐶《かん》を鳴らして足早に一方に向かった。

闇同心だ……。

佐助が暗がりから現われ、托鉢坊主たちを追った。

沼津藩影目付の処に行く……。

佐助は、充分に距離を取って托鉢坊主たちを追った。

托鉢坊主たちは、水戸城下を出て東に進んだ。

佐助は追った。


那珂川《なかがわ》は月明かりに輝いていた。

托鉢坊主たちは、那珂川の渡し場の近くにある古い百姓家《ひゃくしょうや》に忍び寄った。

古い百姓家の周囲には、雑草が生い茂っていた。

逃散《ちょうさん》百姓の家か……。

おそらく沼津藩の影目付は、那珂川の傍の空き家になっている古い百姓家に潜んでいるのだ。

托鉢坊主たちは、生い茂る雑草に囲まれた古い百姓家を窺った。
佐助は、木陰に潜んで見守った。
二人の托鉢坊主が古い百姓家の裏手に廻り、残る者たちは正面の茂みに身を潜めた。
何をするのだ……。
佐助は眉をひそめた。
僅かな刻《とき》が過ぎた。
古い百姓家の裏手から火の手があがった。
裏に廻った二人の托鉢坊主が、古い百姓家に火を放ったのだ。
正面の茂みに潜んだ托鉢坊主たちは、錫杖に仕込んだ刀を抜き払った。
古い百姓家は燃え上がった。
数人の武士が、古い百姓家から慌てて飛び出して来た。
沼津藩の影目付……。
佐助は見定めた。
托鉢坊主たちは、仕込刀を煌めかせて飛び出して来た影目付たちに襲い掛かった。

影目付の一人が斬り斃された。

托鉢坊主たちは、狼狽える影目付たちに容赦なく斬り掛かった。

古い百姓家は火の粉を舞い上げ、煙を巻き上げて燃えた。

影目付たちは、燃え盛る火を背にして托鉢坊主たちと必死に闘った。だが、托鉢坊主たちの攻撃は、一人に対して数人掛かりで容赦はなかった。

背後に逃げ道のない影目付たちは、追い詰められて次々と斬り斃された。

皆殺し……。

佐助は、闇同心頭の関野十蔵の言葉を思い出した。

夜空に舞い飛ぶ火の粉は那珂川に映え、燃え上がる古い百姓家は甲高い軋み音を鳴らした。

托鉢坊主たちは飛び退いた。

刹那、古い百姓家は音を立てて燃え落ちた。

残された影目付は炎に飲み込まれ、火の粉が激しく舞い上がった。

托鉢坊主たちは、生きている影目付がいないのを見定め、仕込刀を錫杖に仕舞って一斉に衣を翻して立ち去った。

佐助は木陰で見送り、燃え落ちた古い百姓家に近付いた。

古い百姓家は、最期の足掻《あが》きのように燃え続けた。


夜明け前、水戸城下の旅籠『きぬ屋』は早立ちの客たちで賑わっていた。

佐助は、水戸藩闇同心屋敷を見定め、那珂川の傍の古い百姓家に潜んでいた沼津藩影目付が皆殺しにされたのを見届け、京之介に報せた。

「して、燃え落ちた百姓家に神尾どのと思われる死体はなかったのだな」

京之介は、佐助に厳しい眼を向けた。

「はい。焼け跡を調べましたが、焼けた死体は軒下に影目付のものがあるだけで、百姓家の中にはありませんでした。おそらく捕らわれていた者はいなかったと思われます」

「そうか。して、闇同心屋敷に頭の関野十蔵がいたのだな」

「はい……」

「沼津藩の影目付は、昨夜殺された者の他にも水戸城下に潜んでいる筈。佐助、関野十蔵は此からも影目付を狩り立てるだろうな」

「はい。関野は配下に影目付の皆殺しを命じました。此からも見張ります」

「うむ。充分に気を付けてな。私は仙波沼の畔の妙西寺に行ってみる」

「月光尼ですか……」

佐助は、京之介から安積格之助に聞いた話を教えられていた。

「うむ。おそらく神尾どのは、九字兼定が消えたのに月光尼が拘わっていると睨み、秘かに妙西寺に行ったと思われる。足取りを探してみる」

京之介は、不敵な笑みを浮かべた。


仙波沼には多くの水鳥が遊び、波紋が幾つも重なり輝いていた。

妙西寺は、仙波沼の畔に建つ古い寺だった。

京之介は、閉じられた山門越しに見える妙西寺の本堂を眺めた。

妙西寺は、一年前に住職が病で死に、以来無住の寺となり、経も聞こえず人の気配も感じられなかった。

京之介は、妙西寺の土塀を越えて境内に忍び込んだ。

妙西寺の境内や本堂などの建物は、しっかりと手入れがされていた。

京之介は、手入れがされている植込みの陰から妙西寺を窺った。

檀家の旦那衆が人を雇い、手入れをさせているのだ。

京之介は睨み、人気のない境内を横切って庫裏《くり》に忍び寄った。

庫裏に人の気配はなかった。

京之介は、庫裏の板戸を開けようとした。だが、板戸には錠が掛けられていた。

浮浪の者が入り込むのを恐れての事だ。

京之介は、庫裏の裏手に廻り、閉められている雨戸を調べた。

雨戸にも内側から掛け金が掛けられ、開く事はなかった。

京之介は、霞左文字の鞘から小柄《こづか》を抜いて雨戸と柱の僅かな隙間に差し込み、掛け金を外した。

雨戸は開いた。

京之介は、雨戸を僅かに開けて素早く忍び込んだ。

廊下は冷ややかだった。

京之介は忍び込み、庫裏の方向を見定めて雨戸を閉めた。そして、薄暗い廊下を音もなく庫裏に進んだ。

庫裏は薄暗く、誰もいなかった。だが、仄《ほの》かに人の気配が残っていた。

京之介は、庫裏を見廻した。

庫裏に置かれている鍋釜や食器、蒲団などの生活用品は整然と片付けられている。

京之介は、囲炉裏の灰を手に取って検《あらた》めた。

囲炉裏の灰は、冷えて固くなってはおらず、粉のまま指の間から落ちた。

今朝迄、囲炉裏は使われている……。

京之介は知った。

それは、何者かが妙西寺に出入りしている証だ。

京之介は、妙西寺を借りていた月光尼一行の痕跡を庫裏に探した。だが、庫裏に痕跡らしい物は何もなかった。

妙西寺に出入りしている者が、綺麗に始末したのに違いない。

おそらく始末は、本堂や座敷にも行き届いている筈だ。

慎重な奴だ……。

だが、その慎重さが京之介に疑念を抱かせたのだ。

何かを隠そうとしている……。

京之介は、妙西寺の様子を窺った。

妙西寺の中は、物音一つせずに静寂が満ちていた。

京之介は、本堂や座敷を仔細に調べる事にした。


妙西寺には、本堂の他に五つの座敷と納戸があった。

京之介は、五つの座敷と納戸を調べた。

五つの座敷と納戸は、庫裏同様に綺麗に片付けられ、不審な処はなかった。そして、月光尼一行の痕跡も見付からなかった。

京之介は本堂に進んだ。


本堂は薄暗く、祭壇には阿弥陀如来が祀《まつ》られていた。

京之介は本堂を窺った。

広い本堂は、染み込んだ線香の匂いが感じられるだけだった。

本堂に異常はない……。

京之介は、祭壇の裏を検めた。

祭壇の裏には位牌が並び、隅には片付けられた仏具があった。

京之介は、月光尼の痕跡を探した。しかし、それらしき物は何一つ残されていなかった。

京之介は、不意に忘れていた事を思い出した。

祈禱所は何処だ……。

月光尼は、妙西寺の何処かで祈禱をしていた筈だ。

祈禱所だ……。

京之介は、祈禱所を探した。

本堂、五つの座敷、納戸、庫裏……。

祈禱所はその他の何処かにある。

京之介は、本堂の脇に廊下があるのに気付いた。

此《これ》だ……。

京之介は、廊下の先を覗いた。
廊下は、庭の離れに続いていた。
離れだ……。
京之介は、離れが祈禱所だと睨んで廊下を進んだ。

離れの板戸は閉まっていた。
京之介は、板戸を押した。
板戸に鍵は掛けられていなく、軋みをあげて開いた。
木々の燃えた臭いが、微かに鼻を衝いた。
京之介は、油断なく踏み込んだ。

二

離れには護摩壇があり、焚かれた護摩木の燃え滓《かす》が僅かに残っていた。
月光尼の祈禱所だ……。

京之介は、祈禱所を窺った。

人の気配はない……。

京之介は、殺気を鋭く放った。

応じる殺気はない……。

祈禱所に潜んでいる者はいないのだ。

京之介は見定め、祈禱所に入って神尾兵部と月光尼の痕跡を探した。しかし、神尾兵部はいなく、月光尼の痕跡はなかった。

京之介は、床板に黒く丸い小さな染みが幾つかあるのに気付いた。

何かが滴り落ちた染みだ。

京之介は、小さな染みを小柄で削り取り、指先に唾を付けて擦った。

小さな染みは、指先に赤く附着した。

血だ……。

京之介は、床の黒く丸い小さな染みを辿《たど》った。

黒く丸い小さな染みの先には、庭に続く扉があった。

扉には閂《かんぬき》が掛けられていた。

京之介は門を外し、扉を開けた。

扉の外には裏庭があった。


裏庭は土塀に囲まれ、隅には植込みが茂っていた。

京之介は、地面に乱れた足跡と古い血の痕を見付けた。そして、植込みの木の枝が鋭く斬られているのに気付いた。

斬り合いがあった。

京之介は見定め、尚も詳しく裏庭を調べた。だが、斬り合いがあったという以上の事は分からなかった。

妙西寺に神尾兵部はいないのか……。

京之介は、微かな苛立ちを覚えた。


城下外れの闇同心屋敷は、闇同心たちが忙しく出入りをしていた。

佐助は見守った。

関野十蔵の命を受けた闇同心たちは、城下に潜入している沼津藩影目付を狩り立て、容赦なく始末していた。

策士土方縫殿助配下の影目付が、此のまま大人しく尻尾を巻く筈はない。

さあて、どうする……。

佐助は、沼津藩影目付の出方が気になった。


庄屋屋敷の前庭では、小作人たちが穫り入れた野菜を片付けていた。

京之介は、妙西寺檀家総代の庄屋の喜左衛門《きざえもん》の屋敷を訪れた。

「庄屋さまにございますか……」

皺だらけの顔の老小作人は、不意に訪れた武士に警戒を浮かべた。

「うむ。妙西寺の事で少々訊きたい事があってな」

「左様にございますか。ならば、少々お待ち下さい」

老小作人は、母屋に入って行った。

「精が出るな……」

京之介は、働いている小作人たちに笑い掛けた。

「どうぞ……」

庄屋の喜左衛門は、縁側に腰掛けた京之介に茶を勧めた。

「忝《かたじけな》い。戴《いただ》く……」

京之介は茶を飲んだ。

「それで、月光尼さまにございますか……」

「左様。霊験《れいげん》あらたかな御祈禱をされると聞き及んだが、月光尼どのは何処から参られたのかな……」

「何処から……」

喜左衛門は、戸惑いを浮かべた。

「うむ。何処から来たのかな」

「それが、諸国を旅されて来たとかで、確とは分かりませぬが、お供の衆の中には陸奥《むつ》の訛《なま》りの方がいたような……」

喜左衛門は首を捻った。

「陸奥訛り……」

京之介は眉をひそめた。

「定かではありませぬが……」

陸奥は出羽に近い……。

京之介は、楓が云っていた出羽三山の忍びの者を思い浮かべた。

「して、月光尼どのは妙西寺を借りて祈禱を行い、旅立たれていかれたか……」

「はい」

「何処に行ったか御存知かな」

「それはもう、江戸にございましょう」

喜左衛門は読んだ。

「そうか、江戸か……」

京之介は頷いた。

「はい。きっと江戸でも評判になりますよ」

喜左衛門は微笑んだ。

「ところで喜左衛門どの、妙西寺の住職は未だ決まらぬのか……」

「御本山にお願いしているのですが……」

喜左衛門は困惑を浮かべた。

「妙西寺を掃除し、手入れをし続けるのも大変だろう」

「ええ。十日に一度は大掃除をさせています」

「ほう。十日に一度か……」

「はい。後三日程したら何人か掃除に行かせねばなりません」

「ならば、この前、人をやって掃除をさせたのは七日前か……」

妙西寺の囲炉裏は、今朝まで使われていた。

何者かが、喜左衛門に内緒で妙西寺に出入りをしているのだ。

京之介は読んだ。

そいつは誰か……。

「あの、そろそろ……」

喜左衛門は腰を浮かした。

潮時だ……。

「いや。お邪魔をした」

京之介は微笑んだ。

「そうですか。五平《ごへい》、お客さまのお帰りですよ。五平……」

喜左衛門は、前庭に呼び掛けた。

老小作人が庭先にやって来た。

京之介は、五平という名の老小作人に誘われて前庭に進んだ。

「もう良い。造作《ぞうさ》を掛けたな」

京之介は立ち止まった。

「そうでございますか、では……」

五平は、京之介に深々と頭を下げた。

「うむ。邪魔をしたな……」

京之介は、前庭で仕事をしている小作人たちに声を掛けて庄屋屋敷の門に向かった。

殺気……。

京之介は、背中に微かな殺気を感じた。

背後には、五平と仕事をしている小作人たちがいるだけだ。

殺気は、その内の誰かが放ったものだ。

京之介は、殺気に気付かなかったかのように庄屋屋敷を後にした。

佐助は、潜む場所を替えながら闇同心屋敷を見張り続けた。

関野十蔵は、闇同心屋敷からなかなか出ては来なかった。

佐助は、辛抱強く待った。そして、自分の他に闇同心屋敷を見張る者がいるのに気が付いた。

闇同心屋敷を秘かに見張れる場所は、そう多くある筈はない。

見張っている者は百姓姿で、佐助が昼過ぎまで潜んでいた場所から闇同心屋敷を窺っていた。

沼津藩影目付……。

佐助は、百姓の正体を読んだ。

影目付が報復を始めようとしている……。

佐助は、影目付の企てを読み、微かな身震いをした。

夕陽は仙波沼に映えた。

頰被りをして竹籠を背負った百姓は、妙西寺の山門に内側から閂が掛かっているのを確かめ、土塀沿いを横手に廻った。そして、横手の木戸の錠を解いて妙西寺の敷地内に入った。

頰被りをした百姓は、庫裏の板戸に寄った。そして、板戸に掛けられた錠に合鍵を差し込んだ。

百姓は、錠を解いて板戸を開けて庫裏の中を窺った。

庫裏には誰もいなかった。

百姓は見定め、土間に竹籠を降ろして頰被りを取った。

庄屋屋敷にいた老小作人の五平だった。

五平は、皺だらけの顔に厳しさを滲ませて油断なく庫裏の中を窺った。

庄屋の喜左衛門を訪れた武士は、妙西寺に忍び込んだのではないのか……。

五平は恐れた。

誰かが忍び込んだ気配はない……。

五平は小さく安堵し、庫裏から奥の座敷に向かった。

五つの座敷、納戸、本堂にも変わった様子はない。

五平は、異変のないのを慎重に見定めながら進んだ。そして、離れの祈禱所に続く廊下に向かった。


祈禱所の板戸は軋んだ。

五平は、祈禱所の中を厳しい面持ちで窺った。

誰も潜んでいない……。

五平は見定め、皺だらけの顔に小さな安堵を浮かべた。

小さな安堵は、やがて嘲《あざけ》りに変わった。

祈禱所に異変はない。

五平は、皺だらけの顔に嘲笑を浮かべて護摩壇を押した。

護摩壇は横に動き、地下に続く階段が現われた。

異臭と冷たい風が、地下に続く階段から微かに吹き上げた。

五平は顔を顰《しか》め、手燭《てしょく》に火を灯して地下に続く階段を降りた。

祈禱所の地下には、三寸角の格子の嵌《は》められた地下牢があった。

五平は、地下牢の鞘土間《さやどま》の掛け行燈に火を移した。

掛け行燈の明かりは、地下牢の中に横たわっている武士を照らした。

「おい。生きているか、おい……」

五平は、牢内に横たわっている武士に嘲りの声を掛けた。横たわっている武士は、苦しげに呻《うめ》きながら僅かに身動きをした。

「死ぬのは未だ早い……」

五平は薄笑いを浮かべ、鍵を出して地下牢の格子戸を開けた。

刹那、空が巻いた。

五平は、咄嗟に鞘土間を転がった。

小柄が五平のいた処を飛び抜け、格子戸に突き刺さって胴震いした。

五平は、鞘土間を転がって隅で身構えた。

京之介が、階段の上から鞘土間に飛び降り、地下牢の格子の前に立った。

「案内、御苦労だったな……」

京之介は、五平に笑い掛けた。

庄屋の喜左衛門の屋敷で殺気を放った者は、必ず妙西寺に異変がないか見定めに行く。

京之介は睨み、妙西寺で見定めに来る者を待った。そして、老小作人の五平がやって来たのだ。

五平は月光尼一味……。

京之介は見定めた。

「九字兼定を奪ったのは月光尼だな」

京之介は問い質《ただ》した。

「おのれ……」

五平は、皺だらけの顔を醜く歪め、棒手裏剣を連投した。

京之介は、素早く躱した。

棒手裏剣は、京之介を掠《かす》めて飛び抜け、鈍い音を立てて板壁に突き刺さった。

五平は、折り畳みの鎌を振るって京之介に飛び掛かった。

京之介は、霞左文字を横薙ぎに抜き放った。

霞左文字は、閃光となって飛び掛かる五平の胸元を斬り裂いた。
五平は、弾かれたように飛ばされて板壁に激突して倒れた。
京之介は踏み込み、五平が握っていた鎌を叩き落として迫った。
五平は、斬り裂かれた胸元に血を滲ませて皺だらけの顔に悔しさを滲ませた。
「無駄な真似はするな。月光尼は何処にいる」
京之介は、五平の喉元に霞左文字の鋒《きつさき》を突き付けた。
次の瞬間、五平は京之介に抱き付こうとした。
危ない……。
京之介は、咄嗟に五平を突き飛ばして飛び退いた。
背後に倒れた五平の着物が火を噴き、爆発した。
五平は、京之介を道連れにして自爆しようとしたのだ。
京之介は、咄嗟に牢内に飛び込んで爆発を躱した。
爆発は終わり、辺りは燃え始めた。
京之介は、牢内に横たわっている武士の許に急いだ。
燃える火に照らされた武士は、窶れ果てて意識の混濁している神尾兵部だった。

「神尾どの……」
京之介は、神尾兵部を漸《ようや》く見付けた。
神尾は、苦しく呻いた。
生きていて良かった……。
京之介は安堵した。
五平の自爆で広がった火が、激しく燃え上がり始めた。
京之介は、ぐったりしている神尾を担いで祈禱所への階段に向かった。
燃え盛る炎は、既に五平を覆い隠し地下牢に満ち始めた。
炎は激しく渦巻いた。

闇同心屋敷は、夜の静寂に沈んでいた。
佐助は、茂みに潜み続けた。
闇同心屋敷を見張っていた百姓は、日暮れに姿を消した。
虫の音はいつの間にか消え、闇に険しさが漂い始めた。
影目付の報復が始まる……。

佐助は、喉を鳴らして闇を見詰めた。

不意に闇が揺れた。

塗笠に軽衫袴の武士たちが現われ、闇同心屋敷に殺到した。

沼津藩影目付たちだ……。

佐助は、影目付の報復を見守った。

影目付は、闇同心屋敷の土塀を越えて次々に忍び込んだ。

闇同心屋敷から怒号があがり、斬り合う物音が響いた。そして、火の粉が舞い飛び、煙があがった。

佐助は、闇同心屋敷に駆け寄り、表門の扉の隙間を覗いた。

影目付たちは、闇同心屋敷に火を放ち、闇同心たちと激しく斬り合っていた。

佐助は、表門の外から見守った。

闇同心屋敷の裏手から武士が現われた。

佐助は、咄嗟に身を潜めた。

武士は、燃え始めた闇同心屋敷を悔しげに振り返った。

闇同心頭の関野十蔵……。

佐助は見定めた。

影目付が追って現われ、関野に猛然と襲い掛かった。

関野は、襲い掛かった影目付を斬り棄てて闇に走った。

佐助は迷った。

関野十蔵を追うか、影目付と闇同心の斬り合いを見届けるか……。

佐助は、闇に走った関野を追った。

闇同心屋敷は燃え上がった。


月明かりは、仙波沼を明るく照らしていた。

京之介は、神尾兵部を担いで妙西寺の裏の仙波沼に逃れた。

仙波沼の畔には、小舟が繋がれていた。

京之介は、小舟に昏睡状態の神尾を乗せて対岸に渡った。そして、神尾を担ぎ降ろして小舟を仙波沼に押し出した。

小舟は、揺れながら仙波沼の闇に消えた。

京之介は、神尾を担いで畔を進んだ。

神尾の身体は熱かった。

熱がある……。

京之介は焦りを覚えた。

行く手に明かりを灯した小さな家を見付けた。

小さな家の前に粗末な桟橋らしき物があり、投網《とあみ》や竹籠を載せた小舟が舫《もや》ってあった。

川魚漁師の家……。

京之介は見定め、小さな家の板戸を叩いた。

「誰だ……」

僅かな刻が過ぎ、若い男の警戒する声が聞こえた。

「夜分、済まぬ。旅の者だが、連れが大怪我をして難渋《なんじゅう》している。一夜の宿を貸してはは貰えぬか、礼は致す」

京之介は頼んだ。

板戸が音を立てて開き、若い川魚漁師が顔を出した。

「助かった」

京之介は、浮かぶ安堵に思わず微笑んだ。

「怪我人が一緒とは、さぞお困りでしょう。さあ、どうぞ……」

若い漁師は、神尾を担いだ京之介を招いた。

「忝い……」

京之介は、神尾を担いで小さな家に入った。


囲炉裏の火は燃えていた。

京之介は、神尾兵部を寝かせた。

神尾兵部の熱は高く、昏睡状態は続いた。

京之介は、神尾の身体を検めた。

神尾は、左脚の太股を斬られていた。そして、傷は既に化膿していた。

神尾を昏睡状態に陥れている高熱は、傷の化膿によるものなのだ。

「酷いな、膿《う》んでいますよ」

若い漁師は、神尾の化膿した傷を見て眉をひそめた。

「うむ……」

「このままじゃあ、膿が身体に廻って死んじまいますぜ」

「よし。傷口の膿んだ処を抉《えぐ》り取り、焼くしかあるまい」

「えっ……」

若い漁師は驚いた。

「荒療治だが、命を助けるにはそれしかない。私は左京之介、そなたは……」

「川魚漁師の太吉《たきち》と申します」

「太吉、酒はあるか……」

「へい。安酒ですが。それに筑波山《つくばさん》の蟇《がま》の膏《あぶら》に熱冷ましの煎じ薬があります」

「よし。それから新しい晒《さら》し布はあるか……」

「漁師は板子《いたご》一枚下は地獄。いつ死んでも良いように下帯は良く替えますからありますよ」

「そいつは良い心懸けだ。そいつを全部、売って貰おう」

京之介は、一両小判を太吉に差し出した。

「こ、こんなに……」

太吉は驚いた。

京之介は、神尾に荒療治を施す決意をした。

囲炉裏の火が爆《は》ぜ、火花が飛び散った。

三

神尾兵部の左脚の太股の傷は酒で洗われた。

傷口から血膿が流れた。

神尾の昏睡状態は続いた。

京之介は、神尾が激痛に舌を噛むのを恐れて布を巻いた細竹を咥《くわ》えさせ、太吉に身体を押さえ付けさせた。

「やるぞ……」

京之介は、刃先を焼いた小柄に酒を掛けて晒し布で拭った。

「へい……」

京之介は、小柄を使って傷口を大きく開き、化膿している処を丁寧に抉《えぐ》り取った。

肉が切られ、血膿が溢れた。

太吉は、思わず眼を背《そむ》けた。

化膿している部分は、長く深かった。

京之介は、傷口を酒で洗いながら小柄で丁寧に化膿している部分を取り除いていった。

神尾は、左脚を引き摺る事になるかもしれない。だが、化膿を放置して命を落とすよりは良い。

京之介は、己にそう云い聞かせて小柄を使った。

刻が過ぎた。

京之介は、化膿している部分を出来る限り取り除き、傷口を綺麗にした。

「終わりましたかい……」

「いや。此《こ》の儘《まま》では、傷口が開き、また膿を持つかもしれぬ。傷口を焼く……」

「傷口を焼く……」

「うむ……」

京之介は、囲炉裏に焼《く》べられていた薪《まき》を取り、その先の炎で、神尾の綺麗にされた傷口を炙《あぶ》り、焼いて閉じた。

肉の焦げる音がし、臭いが漂った。

太吉は眉をひそめた。

「太吉、蟇の膏だ」

京之介は、火傷《やけど》となった傷口に蟇の膏をたっぷりと塗り、膏薬《こうやく》を貼った。そして、油紙を当てて晒し布を固く巻いた。

京之介は、荒療治を終えて小さな吐息を洩らした。そして、神尾に咥えさせてあった細竹を取った。

「終わったか、左どの……」

神尾は、嗄れ声を引き攣らせた。

「神尾どの……」

京之介は驚いた。

「造作《ぞうさ》を掛けたようだな」

神尾は、いつの間にか気を取り戻していた。

「いや。膿を持った処を取り除いて傷口を焼いた。上手くいった筈だが……」

京之介は眉をひそめた。

「死ぬのは覚悟の上だ……」

神尾は、引き攣ったような笑みを浮かべて再び昏睡状態に落ちた。

「左さま、熱冷ましの煎じ薬が出来ましたぜ」

太吉が、煎じ薬を持って来た。

「済まぬ……」

京之介は、晒し布を切り裂いて丸め、煎じ薬を染み込ませ、神尾の口元で絞った。

煎じ薬は雫《しずく》となり、神尾の口に滴り落ちた。

「気を取り戻していたんですね」

太吉は、気を取り戻していながら荒療治に堪《た》えた神尾に驚いた。

「うむ……」

「豪気なお侍だ……」

太吉は感心した。

「まったくだ……」

京之介は、物静かで落ち着いた神尾兵部の秘めた強さを思い知った。そして、無事に生還する事を願った。

何れにしろ、消息を絶っていた神尾兵部は捜し出した。

月光尼は何故に神尾を殺さず、地下牢に閉じ込めていたのか……。

そして、消えた九字兼定は、今は何処にあるのか……。

九字兼定は、目利きの集まりで影目付が奪った。しかし、影目付は、直後に下谷広小路で棒手裏剣を遣う月光尼配下の忍びの者に襲われた。

以来、京之介は誰が九字兼定を持っているのか分からない。

沼津藩の影目付が持っているなら、既に土方縫殿助に渡って何らかの動きがある筈だ。しかし、土方にそうした様子は窺えなかった。

そうなると、九字兼定は月光尼配下の忍びの者が奪ったとみるべきなのだ。

月光尼の素性は……。

何故、月光尼は九字兼定を奪ったのか……。

月光尼が、出羽三山に拘わる忍びかどうかは、楓が追っている。

神尾兵部が助かるかどうか見定めるには、刻が掛かる筈だ。

京之介は、神尾兵部が助かるよう祈るばかりだった。

水戸街道には旅人が行き交っていた。

佐助は、江戸に向かう水戸藩闇同心頭の関野十蔵と配下の者たちを追っていた。

昨夜、関野十蔵は沼津藩影目付に襲撃された屋敷を脱出し、その足で配下を従えて江戸に向かった。

佐助は、水戸から二里八丁の処にある長岡宿の茶店に立ち寄り、老亭主に金を握らせて京之介に手紙を届けるように頼んだ。


京之介は、神尾兵部の看病を続けた。

神尾兵部の熱は下がり始めた。

未だ意識は取り戻さぬが、どうやら命は助かるようだ。

京之介は安堵した。

闇同心屋敷を見張っている佐助はどうしたのか……。

京之介は、神尾の看病を太吉に頼み、水戸城下の旅籠『きぬ屋』に向かった。

旅籠『きぬ屋』には、佐助の手紙が届けられていた。

京之介は、闇同心屋敷が沼津藩影目付の襲撃を受け、頭の関野十蔵が江戸に向かい、佐助が追ったのを知った。

江戸だ……。

京之介は、神尾兵部を捜し出した今、自分も江戸に戻るべきだと知った。


妙西寺の火は、祈禱所が燃え落ちただけで消し止められていた。

地下牢は燃え落ちた祈禱所の残骸で埋まり、その存在は覆い隠されていた。

庄屋喜左衛門の小作人に潜り込んでいた月光尼配下の忍びの五平は、燃え落ちた祈禱所の残骸の中に埋《うも》れてしまっていた。

京之介は、庄屋喜左衛門を調べた。

喜左衛門は代々続いた庄屋であり、月光尼に善意で妙西寺を貸しただけだった。

京之介は、仙波沼の畔の川魚漁師の太吉の家に戻った。


太吉の家には、煎じ薬の臭いが満ち溢れていた。

京之介は、熱冷ましの薬草を煎じて湯呑みに注いだ。

「左の旦那、神尾さまの熱は大分下がったし、そろそろ煎じ薬は化膿止めにした方が良いんじゃあないですかい……」

「そうだな……」

京之介は、太吉の言葉に頷いた。

「じゃあ、ちょいと買って来ますよ」

太吉は、身軽に出掛けて行った。

京之介は、湯呑みに注いだ熱冷ましの煎じ薬を神尾の許に運んだ。

「神尾どの、熱冷ましだ……」

京之介は、眠り続けている神尾に声を掛けた。

「済まぬ……」

神尾は、嗄れ声で詫びた。

「神尾どの……」

京之介は、神尾が意識を取り戻しているのに気付いた。

「どうやら命を拾ったようだな……」

神尾は、頬を引き攣らせるような笑みを浮かべた。

「ええ。熱は下がりました。傷の具合は如何《いかが》ですか……」

「痛むが、何も感じないよりは良いのだろう」

神尾は苦笑した。

「如何にも……」

京之介は微笑み、神尾に熱冷ましの煎じ薬を飲ませた。

「忝い。ところで左どの。何故、水戸に……」

「岡田采女正が、九字兼定が御刀蔵から消えたのでおぬしが水戸に行き、消息を絶ったので捜して貰えぬかと、頼んできた」

「岡田さまが……」

「うむ。それで水戸に参った……」

「そうだったのか……」

「して神尾どの、おぬしを襲い、地下牢に閉じ込めたのは、月光尼だな……」

京之介は尋ねた。

「左様。私は御刀蔵の切妻の下が破られているのに気付き、忍びの者が九字兼定を盗んだと知った。そして、御刀番配下の安積格之助に城下に変わった者がいないか訊いたところ、旅の尼御前が逗留し、城下の分限者《ぶげんしゃ》に頼まれて祈禱をしていると聞いてな……」

「それで、月光尼が借りている妙西寺に一人で行ったのですか……」

京之介は、神尾の動きを読んだ。

「うむ。家中の何処に内通する者がいるか分からぬからな……」

神尾は、淋しげに告げた。

「それで、妙西寺に行き、月光尼に探りを入れましたか……」

「左様。そうしたら片眼の忍びの者に襲われ、左脚を斬られた……」

神尾は、淡々と告げた。

「して、何故に地下牢に……」

「それなのだが、月光尼は私が水戸藩御刀番だと知り、殺さずに生かしたまま地下牢に閉じ込めたのだが……」

神尾は眉をひそめた。

「何故かは分かりませんか……」

「左様。以来、年寄りの百姓が日に一度、飯と温かい汁を運んでくれた」

年寄りの百姓は、庄屋屋敷に潜り込んでいた忍びの五平なのだ。庫裏の囲炉裏が使われていたのは、湯を沸かす為だったのだ。

京之介は知った。

月光尼は、何が目的で神尾を地下牢に閉じ込めたか……。

閉じ込める必要があったにしては、神尾の斬られた左脚の傷をどうして放置したのか……。

京之介は、月光尼が神尾を殺さなかった理由が分からなかった。

「神尾どの、月光尼は九字兼定を奪って将軍家呪詛の文字を刻み足し、水戸藩を窮地に陥れて操ろうとしているのですか……」

京之介は、岡田采女正の話を思い出した。

「左どの、月光尼は水戸藩に遺恨《いこん》を抱いているのに相違ない」

「遺恨……」

京之介は眉をひそめた。

「左様……」

「遺恨はどのような……」

「其処《そこ》までは……」

神尾は、首を横に振った。

「分かりませんか……」

「うむ。しかし、遺恨を持っているのに間違いはない……」

「そして、沼津藩の土方縫殿助はそれを知り、影目付たちに命じ、九字兼定の横取りを企てていますか……」

京之介は読んだ。

「おそらく……」

神尾は頷いた。

「ならば神尾どの、城に戻りますか……」

「左どの、家中の者共の中には内通者がいる。太吉には迷惑だろうが、今暫《しばら》く此処に厄介になった方が良さそうだ」

神尾は、疲れたような吐息を洩らした。

潮時だ……。

京之介は、神尾を気遣った。

「そうですか、分かりました。神尾どの、少し休まれるが良い」

「うむ……」

神尾は眼を瞑《つむ》った。

さあて、どうする……。

京之介は、庭先に見える仙波沼に沈む夕陽を眺めた。

夕陽は仙波沼を染めていた。


愛宕下大名小路は夕闇に覆われた。

汐崎藩江戸留守居役の片倉伊織は、側用人兵藤内蔵助の用部屋を訪れた。

「土方縫殿助が……」

内蔵助は聞き返した。

「はい。此処暫く動きを見守り、いろいろ噂を集めたのですが、どうやら一橋家《ひとつばし》に探りを入れているようです」

伊織は告げた。

「そうか、御三卿の一橋家に探りを入れているか……」

内蔵助は眉をひそめた。

御三卿とは、御三家の尾張藩、紀伊藩、水戸藩とは違い、八代将軍吉宗《よしむね》の子である田安宗武《たやすむねたけ》と一橋宗尹《ひとつばしむねただ》、そして九代将軍家重《いえしげ》の子の清水重好《しみずしげよし》の三家を称し、従三《じゅさん》位《み》の公卿《くぎょう》の地位にあるのに由来した呼び名である。そして、御三家の次席とされ、宗家である将軍家を継承する資格を持っていた。

十一代の当代将軍である家斉《いえなり》は、御三卿の一つである一橋家の出身であった。

土方縫殿助は、その家斉の実家である一橋家を探っているのだ。

「一橋家は上様御実家、御老中水野忠成さまの懐刀である土方縫殿助が探りを入れているとなると、何かが潜んでいそうですね」

伊織は、興味深げに眼を輝かせた。

「伊織、一橋家の御隠居、上様御実父の一橋治済《はるさだ》さまは、かの田沼意次《たぬまおきつぐ》を蹴落とした黒幕として知られる策士。幾ら年老いたとしても、策士振りは変わっておらぬだろう……」

一橋治済は、将軍家斉の実父として威勢を強め、生活は驕奢《きょうしゃ》を極め、その位は従一位に昇り、影の大御所と噂されていた。

「一橋家には、そんな恐ろしい隠居がいるのですか……」

伊織は、戸惑いを浮かべて身震いした。

「うむ。土方縫殿助がそのような一橋家を探るのは、九字兼定に拘わりがあるのか……」

内蔵助は想いを巡らせた。

御三家水戸家と御三卿一橋家……。

事は、徳川家一族に拘わっているのかもしれない。

内蔵助は、背筋に微かな寒気を覚えた。

燭台の火は不安げに瞬いた。


夜の水戸街道には、早駕籠が威勢の良い掛け声をあげて駆け抜けていった。

佐助は、江戸に急ぐ水戸藩闇同心の関野十蔵と二人の配下を追っていた。

関野と二人の配下は、夜になっても歩みを緩《ゆる》めなかった。

佐助は追った。

関野と二人の配下は、不意に立ち止まった。
どうした……。
佐助は、街道から脇の田畑に下り、立ち止まった関野と二人の配下に忍び寄った。
関野と二人の配下は、厳しい面持ちで周囲の闇を窺っていた。
次の瞬間、煌めきが瞬き、骨を打つ鈍い音が短く鳴った。
関野の配下の一人が、額に棒手裏剣を受けて崩れるように倒れた。
棒手裏剣……。
忍びの者が、関野と二人の配下を襲う。
佐助は読んだ。
忍びの者たちが闇から現われ、関野と配下に襲い掛かった。
月光尼配下の忍び……。
佐助は、田畑に這《は》い蹲《つくば》って見定めた。
関野は、襲い掛かる忍びの者に抜き打ちの一刀を浴びせた。
忍びの者は斬られ、地面に激しく叩き付けられた。
忍びの者たちは僅かに怯んだ。

関野は、忍びの者の僅かな怯みを衝いて鋭く斬り掛かった。
配下が続いた。
忍びの者たちは飛び退き、関野と配下に棒手裏剣を投げた。
関野は、咄嗟に配下を盾にした。
棒手裏剣は闇を切り裂いて飛び、配下の身体に次々に突き刺さった。
配下は絶命し、倒れそうになった。
関野は、倒れそうになった配下を立たせて盾にし、引き摺って後退した。
忍びの者の棒手裏剣は、配下の五体に何本も突き立った。
関野は、配下を盾にし続けた。
手裏剣は、盾にされた配下に無惨に突き刺さり続けた。
佐助は、水戸藩闇同心頭の関野十蔵の非情さを知った。
忍びの者たちは、関野に猛然と迫った。
関野は、盾にした配下の死体を迫る忍びの者たちに突き飛ばし、身を翻して走った。
忍びの者たちは追った。

佐助は、田畑を蹴って続いた。

仙波沼の水は冷たかった。

京之介は、仙波沼の水で顔を洗った。

楓の葉が一枚、飛来して水面に落ちた。

楓……。

京之介は、濡れた顔を手拭いで拭きながら背後を窺った。

太吉の家の傍の雑木林が、葉を繁らせた木の一枝を揺らしていた。

京之介は、太吉の家の傍の雑木林に入った。

木陰に楓がいた。

「分かったか……」

「うむ。九字の呪文を唱える忍びは、出羽三山は月山の修験者の流れを汲む忍びの者だそうだ……」

楓は告げた。

「出羽は月山の忍びか……」

「水戸城下に潜り込んでいた忍びは、月光尼という尼御前だそうだ」

「やはりな……」

「水戸藩の御刀蔵を破り、九字兼定を奪ったのは出羽忍びの月光尼の配下……」

「うむ。して月光尼は……」

「既に水戸を発ち、江戸に向かったそうだ」

楓は告げた。

「そうか……」

「江戸に発たぬのか……」

楓は、京之介を見詰めた。

「う、うむ……」

京之介は、神尾兵部を一人残して江戸に向かうのを躊躇《ためら》った。

「神尾兵部か……」

「うむ……」

「私が残るか……」

楓は苦笑した。

「そうしてくれるか……」

京之介は、微かな安堵を覚えた。

「ああ。神尾が動けるようになったら、直ぐに追い掛ける」

「うむ。ならば……」

京之介は、神尾を楓に任せて江戸に帰る事にした。

四

隅田川は滔々《とうとう》と流れていた。

汐崎藩御刀番左京之介は、水戸街道を一気に駆け抜け、隅田川に架かっている千住大橋を渡った。

江戸に帰った……。

千住を抜けた京之介は、小塚原《こづかっぱら》から三ノ輪《みのわ》に進んで下谷に向かった。

江戸には、既に出羽忍びの月光尼一党と水戸藩闇同心頭の関野十蔵が来ている筈だ。そして、沼津藩影目付は江戸に網を張っている。

月光尼は、奪い盗った九字兼定をどう使うつもりなのだ。

京之介は、月光尼の企てを読んだ。

月光尼は、九字兼定の茎《なかご》に彫られた『臨兵闘者皆陣烈在前』の九字に将軍家を呪詛する細工を施し、御三家の水戸家を陥れようとしている。

それは、神尾の云っていた水戸藩への遺恨によるものなのか、それとも忍びとして何者かに雇われての所業なのか……。

雇われているとしたなら、雇い主は誰なのか……。

御三家水戸家を陥れようとするのは、只者ではない。

京之介は、想いを巡らしながら下谷を抜けて神田川に架かる昌平橋を渡った。

何れにしろ、九字兼定を奪った月光尼が何処で何をしているかだ。

京之介は、愛宕下大名小路にある汐崎藩江戸上屋敷に急いだ。

汐崎藩江戸上屋敷の御刀蔵は、収蔵されている刀の霊気に満ち溢れていた。

京之介は瞑目《めいもく》し、刀の霊気を全身に浴びていた。

刀の霊気は、京之介の五感を癒して研ぎ澄ました。

「左さま……」

配下の佐川真一郎が、御刀蔵の外から京之介を呼んだ。

「どうした……」

「御側用人の兵藤さまがお見えにございます」

佐川は告げた。

「そうか。今、参る……」

京之介は立ち上がった。

刀の霊気は微かに揺れた。


京之介は、水戸での出来事と水戸藩御刀番神尾兵部を助けた事を内蔵助に報せた。

「それは重畳《ちょうじょう》。それにしても、九字兼定を巡って沼津藩影目付と水戸藩闇同心、それに出羽忍びが加わり、三つ巴の暗闘を繰り広げているとはな……」

内蔵助は眉をひそめた。

「うむ。水戸藩御刀蔵を破って九字兼定を奪い、神尾どのを監禁したのは出羽忍び。そして、水戸藩の闇同心は九字兼定を取り戻そうとし、沼津藩影目付は九字兼定を横取りしようとしている」

京之介は苦笑した。

「横取りとは。流石《さすが》は狡猾な土方縫殿助らしい遣り方だな……」

内蔵助は、嘲りを浮かべた。

「うむ。水戸藩御刀蔵から九字兼定が奪われたのを、どうして知ったのか……」

「策士の土方縫殿助だ。主だった大名家に内通する者を飼っているのだろう」

「抜かりはないか……」

「うむ。京之介、片倉伊織によれば、土方縫殿助はここのところ、御三卿の一橋家に探りを入れているそうだ」

「御三卿の一橋家に……」

京之介は眉をひそめた。

「左様。土方が秘かに探りを入れているとなると、此度の九字兼定の一件、一橋家も絡んでいるのかもしれぬな」

内蔵助は読んだ。

「一橋家は上様御実家、父親の一橋治済は田沼意次を蹴落とした策士。隠居した今でも隠然たる威勢を振るっていると聞くが……」

「うむ。あの土方が探りを入れる程の者となると、その隠居の治済しかいまい」

内蔵助は頷いた。

「隠居の一橋治済か……」

「左様。影の大御所だ……」

「となると、隠居の治済は九字兼定にも拘わっているかもしれぬか……」

京之介は読んだ。

「おそらく……」

内蔵助は頷いた。

御三卿一橋家の隠居の治済は、奪われた九字兼定にどう拘わっているのか……。

土方縫殿助は、九字兼定を横取りして何をしようとしているのか……。

何れにしろ、京之介は御三卿一橋治済の登場に言い知れぬ威圧を感じずにはいられなかった。


京之介は、侍長屋の家に戻った。

佐助は、水戸藩闇同心頭の関野十蔵を追って水戸から江戸に向かったままだった。

京之介は、佐助の無事を祈った。

佐助は、京之介が江戸に戻ったのを知らない。おそらく、京之介が未だ水戸にいると思い、汐崎藩江戸上屋敷に戻らずに動いているのだ。

京之介は、水戸藩江戸家老の岡田采女正宛に神尾兵部の無事を報せる書状を認《したた》め、小者に届けさせた。そして、沼津藩江戸上屋敷に向かった。


沼津藩江戸上屋敷は、愛宕山と三縁山増上寺《さんえんざんぞうじょうじ》の間の切通しにあり、汐崎藩江戸上屋敷から遠くはなかった。

京之介は、切通しにある青龍寺《せいりゅうじ》門前に佇《たたず》んで沼津藩江戸上屋敷を眺めた。

沼津藩江戸上屋敷には、大名家の江戸留守居役らしき武士や豪商と思われる町人が手土産を持って訪れていた。

老中の藩主水野忠成への陳情者……。

陳情者が訪れているのは、水野忠成の懐刀の土方縫殿助が上屋敷にいる証だ。

京之介は、土方が江戸上屋敷にいると睨み、周囲を窺った。

寺の多い切通しには人が行き交い、行商の物売りが商売をしていた。
物売りの中には、子供の玩具の弥次郎兵衛《やじろべえ》を売る者がいた。
弥次郎兵衛売りは、子供に弥次郎兵衛を売りながら沼津藩江戸上屋敷を見ていた。
見張っている……。
京之介は気付いた。
弥次郎兵衛売りは、沼津藩江戸上屋敷を見張っているのだ。
水戸藩闇同心か、それとも出羽忍びの月光尼の配下なのか……。
何れにしろ、弥次郎兵衛売りの行き先を突き止めれば分かる筈だ。
京之介は、行商の弥次郎兵衛売りを見張る事にした。

古寺は無量山傳通院《むりようざんでんづういん》の裏、小石川《こいしかわ》大下水の傍の雑木林の中にあった。
佐助は見守った。
古寺は『正念寺《しようねんじ》』といい、雲水《うんすい》や行商人が出入りしていた。
月光尼の配下の忍び……。
あの夜、忍びの者たちは、水戸街道で水戸藩闇同心の関野十蔵と二人の配下を襲った。

関野十蔵は、配下を盾にして忍びの者たちの攻撃を躱し、逃げ去った。

佐助は、忍びの者が邪魔で関野十蔵を見失ってしまった。

関野の行き先は、おそらく水戸藩江戸上屋敷……。

佐助は読んだ。

だったら忍びの者を追う……。

佐助は、関野十蔵たちを襲った忍びの者を慎重に尾行た。

忍びの者たちは、途中で雲水に姿を変えた。

佐助は、縞の合羽に三度笠の渡世人を装って雲水たちを追った。

雲水たちは、水戸街道から江戸に入って小石川の古寺『正念寺』に入った。

古寺『正念寺』には、初老の片眼の住職と若い寺男がおり、常に数人の旅の雲水や行商人が出入りしていた。

古寺『正念寺』は月光尼一党の忍び宿であり、初老の片眼の住職が束ねていた。

佐助は、『正念寺』に月光尼を捜した。だが、『正念寺』に月光尼の姿は見えなかった。

月光尼はいるのか……。
佐助は、忍びの者たちに気付かれないように辛抱強く見張り、見定めようとした。

陽は西に大きく傾いた。
沼津藩江戸上屋敷は、西陽を背にして影を大きく伸ばした。
京之介は、弥次郎兵衛売りを見張り続けた。
夜鳴蕎麦屋《よなきそば》が、切通し富山町《とやまちょう》の外れに屋台を降ろし、開店の仕度を始めた。
弥次郎兵衛売りは、夜鳴蕎麦屋を一瞥して店仕舞いをした。
夜鳴蕎麦屋は弥次郎兵衛売りの仲間であり、見張りを交代したのだ。
京之介は読んだ。
弥次郎兵衛売りは、時の鐘の前を通って愛宕下大名小路に向かった。
何処に帰る……。
京之介は、弥次郎兵衛売りを尾行た。
外濠は日陰になり、遊んでいた水鳥もいなくなっていた。

弥次郎兵衛売りは、愛宕下から外濠沿いに抜けて北に向かった。
京之介は、外濠沿いの道を神田に進む弥次郎兵衛売りを追った。
弥次郎兵衛売りは、時々立ち止まっては尾行て来る者を警戒した。
油断のない奴……。
京之介は慎重に尾行た。

小石川の古寺『正念寺』は夕陽に染まった。
佐助は、見張り続けていた。
『正念寺』には、托鉢や行商を終えた雲水や物売りが帰って来ていた。
佐助は、縞の合羽で身を覆い、三度笠を目深《まぶか》に被って『正念寺』を窺った。
「何だ、お前は……」
咎める声が背後からした。
佐助は振り返った。
行商の弥次郎兵衛売りが、佐助に駆け寄って来ていた。
佐助は、咄嗟に雑木林に逃げた。

弥次郎兵衛売りは、嘲笑を浮かべて追った。

佐助は、縞の合羽を翻して逃げた。

弥次郎兵衛売りは、逃げる佐助に棒手裏剣を投げた。

棒手裏剣は、佐助の縞の合羽を木立に縫い付けた。

佐助は、思わず仰け反った。

弥次郎兵衛売りは、慌てて縞の合羽を外そうとしている佐助に苦無《くない》を構えて飛び掛かった。

次の瞬間、佐助は縞の合羽を外し、草むらに転がって躱した。

弥次郎兵衛売りは、草むらに転がった佐助を素早く押さえ、苦無を突き付けた。

「放せ……」

佐助は抗《あらが》った。

「無駄な足掻きだ」

弥次郎兵衛売りは冷たく笑い、苦無を佐助の喉元に当てた。

「水戸藩の闇同心か、それとも沼津藩の影目付か、どっちだ……」

弥次郎兵衛売りは、佐助の喉元に苦無を食い込ませた。

佐助は、苦しく顔を歪めて仰け反った。

「ま、どっちにしても死ぬのだがな」

弥次郎兵衛売りは、楽しげに声を弾ませた。

「そいつはどうかな……」

笑みを含んだ声がした。

弥次郎兵衛売りは、咄嗟に地を蹴って飛び退こうとした。

刹那、京之介が佐助の脱ぎ棄てた縞の合羽を弥次郎兵衛売りの頭に被せた。

弥次郎兵衛売りは狼狽えた。

京之介は、縞の合羽を被せた弥次郎兵衛売りの首筋に手刀を鋭く打ち込んだ。

弥次郎兵衛売りは、苦しく呻いて崩れ落ちた。

京之介は、弥次郎兵衛売りが気を失ったのを見定めた。

「京之介さま……」

「大丈夫か、佐助……」

「はい……」

佐助は、笑みを浮かべた。

「怪我がなくて何より……」

京之介は、佐助の手を取って引き起こした。

「危ないところを助かりました」

「いや。ところであの寺は……」

京之介は、雑木林の向こうに見える古寺を見据えた。

「正念寺といいまして、月光尼配下の忍びの者の忍び宿です」

「ならば、出羽忍びの忍び宿か……」

「月光尼、出羽忍びなのですか……」

「楓が突き止めた……」

京之介は頷いた。

「そうですか。で、神尾兵部さまは……」

佐助は、心配そうに眉をひそめた。

「助け出したが、深手を負っていてな。楓が残っている」

京之介と佐助は、別れて以来の出来事を互いに教え合った。

日は暮れた。

弥次郎兵衛売りが、縞の合羽の下で微かに呻いて動いた。

京之介は、縞の合羽を頭から被せた弥次郎兵衛売りの首に霞左文字の下げ緒を巻いた。

弥次郎兵衛売りは気付き、踠《もが》いた。

京之介は、弥次郎兵衛売りの首に巻いた下げ緒を絞めた。

弥次郎兵衛売りは仰け反り、恐怖に激しく震えた。

「正念寺に月光尼はいるのか……」

京之介は訊いた。

「い、いない……」

弥次郎兵衛売りは、月光尼の名が出た事に驚き、喉を引き攣らせた。

「嘘偽りを云うと……」

京之介は、下げ緒を再び絞めた。

「ほ、本当だ。嘘偽りではない、本当だ」

弥次郎兵衛売りは、嗄れ声を必死に震わせた。

「ならば、月光尼は何処にいる」

「知らぬ。御前さまの居場所など、俺は知らぬ……」

京之介は、弥次郎兵衛売りの言葉を遮るように下げ緒を尚も絞めた。

「本当に知らぬ。知っているのはお頭の隻竜さまだけだ」

弥次郎兵衛売りは、縋るように告げた。

「お頭の隻竜……」

京之介は眉をひそめた。

「正念寺の片眼の住職か……」

佐助は訊いた。

「ああ……」

弥次郎兵衛売りは、縞の合羽の下で頷いた。

「正念寺の他に忍び宿はあるのか……」

「分からぬ……」

弥次郎兵衛売りは、首を大きく横に振った。

「知っているのは、頭の隻竜だけか……」

京之介は睨んだ。

「きっと……」

弥次郎兵衛売りは頷いた。

「ならば、お前と夜鳴蕎麦屋は、頭の隻竜に命じられて沼津藩の土方縫殿助を見張っているのか……」

「そ、そうだ。助けてくれ……」

弥次郎兵衛売りは、己の動きが知られているのに戸惑いながら命乞いをした。

「助ければ、此からも隻竜たちの動き、報せるか……」

京之介は苦笑した。

「ああ、報せる。報せるから助けてくれ」

「よし……」

京之介は、弥次郎兵衛の首に巻いた下げ緒を外した。

刹那、弥次郎兵衛売りは縞の合羽を弾き飛ばし、苦無を構えて京之介に飛び掛かった。

南無阿弥陀仏……。

京之介は、霞左文字を抜き打ちに放った。

閃光が走り、血煙が噴き上げた。

弥次郎兵衛売りは、首の血脈を断ち斬られて倒れた。

一瞬の出来事だった。

「無駄な真似を……」

佐助は吐き棄て、弥次郎兵衛売りが絶命したのを見定めた。

京之介は、霞左文字に拭いを掛けて鞘に納めた。

佐助は、弥次郎兵衛売りを草むらの窪みに引き摺り入れた。そして、売り物の弥次郎兵衛を投げ込み、枯れ枝や枯葉を被せた。

小石川の雑木林の夜は深まった。

京之介と佐助は、雑木林を立ち去った。

虫が待ち兼ねたように鳴き始めた。

燭台の火は瞬き、大きく揺らいで落ち着いた。

京之介と佐助は、汐崎藩江戸上屋敷の侍長屋に帰って久々に酒を酌み交わした。

京之介は、九字兼定の件に御三卿一橋家の隠居治済が拘わっているらしいと告げた。

「御三卿の一橋家ですか……」

佐助は、御三卿一橋家を知らないのか戸惑いを浮かべた。

「うむ。佐助、御三卿とはな……」

京之介は、酒を飲みながら佐助に御三卿一橋家と隠居の治済の人となりを詳しく教えた。

佐助は、酒を飲むのも忘れて聞き入った。

「ま、そんな処だ……」

京之介は話し終え、手酌で猪口《ちょこ》に酒を満たして飲み干した。

「上様の父親ですか……」

「うむ。今のところ、九字兼定にどう拘わっているのかは分からぬが、土方縫殿助が探りを入れている限り、何かがある筈だ」

「はい……」

「それに御三家水戸藩に仕掛ける敵など、滅多にいない」

「じゃあ、出羽忍びの月光尼は、一橋の隠居の治済に雇われて……」

佐助は睨んだ。

「それは未だ分からぬ」

「とにかく月光尼ですね」

「うむ。江戸の何処に潜み、何を企てているのか……」

「知っているのは、正念寺の隻竜ですか……」

「うむ。だが、捕らえて責めたところで素直に吐く筈もない」

「ええ……」

「さあて、どうする……」

京之介は、手酌で猪口に酒を満たした。

「京之介さま、いずれにしろ九字兼定は水戸家の事です。神尾さまをお助けした以上……」

佐助は眉をひそめた。

「佐助、水戸家に貸しを作るは、これからの汐崎藩と家憲さまにとって決して損はない」

京之介は、猪口に満たした酒を飲み干して不敵に笑った。

燭台の火は小さく唸った。

第三章　影の大御所

一

神田川には荷船が行き交っていた。

京之介は、神田川に架かる小石川御門を渡り、水戸藩江戸上屋敷に江戸家老の岡田采女正を訪ねた。

水戸藩江戸上屋敷は、国許の水戸とは違って厳《いか》めしさが漂っていた。

書院に通された京之介は、江戸家老の岡田采女正が来るのを待った。

九字兼定を奪った月光尼は、何処に潜んでいるのか……。

京之介は、月光尼の居処を突き止める手立てを思案した。そして、水戸藩江戸家老の岡田采女正を使う事にしたのだ。

「待たせたな……」

岡田采女正が書院に現われた。

京之介は、挨拶の言葉を述べた。

「神尾兵部の救出、礼を申す」

岡田は、京之介に頭を下げた。

「書状にも認《したた》めた通り、神尾どのは動けるようになり次第、江戸に戻る手筈。それ迄、私の手の者が付き添っております」

「うむ、造作を掛ける。して、今日は……」

「岡田さま、水戸城御刀蔵に忍び込み、九字兼定を奪い、神尾どのを監禁したのは、出羽忍びの月光尼と申す者です」

「出羽忍びの月光尼……」

岡田は眉をひそめた。

「月光尼の所業、水戸家への遺恨か、それとも何者かに頼まれての所業……」

「遺恨か……」

「お心当たりが……」

「左、遺恨の殆どは抱く者だけが覚えており、抱かれる者は忘れているものだが……」

岡田は、冷笑を浮かべた。

「何か……」

「左、知っていると思うが、水戸は我が藩祖東照神君家康公《とうしょうしんくんいえやす》十男の頼宣《よりのぶ》公が拝領する前は、家康公五男の武田信吉《たけだのぶよし》さまの御領地だったが、元を質せば出羽国秋田《あきた》に移封《いほう》された佐竹《さたけ》家のもの……」

「成る程、出羽繫がりですか……」

京之介は、岡田の云いたい事を読んだ。

「左様。出羽忍びの月光尼とやらは佐竹家に拘わる者であり、以来、徳川を恨み、延《ひ》いては水戸徳川家を恨んでいるやもしれぬ」

岡田は、冷静に推し測った。

「そして、奪った九字兼定に細工をして水戸徳川家への遺恨を晴らそうとしていますか……」

京之介は、御三卿一橋家の隠居治済が浮かんでいる事は告げなかった。

「うむ。して左、出羽忍びの月光尼、何処に潜んでいるのだ」

岡田は、京之介に厳しい眼を向けた。

「はい。小石川傳通院の横手にある正念寺と申す寺に……」

「傳通院横手の正念寺……」

傳通院は、水戸藩江戸上屋敷の北西にあって遠くはない。

「おのれ……」

岡田は、月光尼の大胆不敵さに怒りを露わにした。

「正念寺は隻竜と申す住職と配下の忍びがいる出羽忍びの忍び宿。月光尼は九字兼定を所持して潜んでいるものかと……」

京之介は、岡田を見据えて告げた。

「そうか。良く分かった。後は我ら水戸藩が始末する。造作を掛けたな」

岡田は、嘲りを浮かべた。

「いいえ。昼間、忍びの者共はこの水戸藩江戸上屋敷や沼津藩江戸上屋敷を見張り、夜に戻っているようです」

京之介は小さく笑った。

「手薄なのは昼間だと申すか……」

岡田は、京之介の言葉の裏を読んだ。

「如何にも。ですが敵は忍び、くれぐれも後手を踏まぬように……」

京之介は微笑んだ。


小石川傳通院は、神君家康公の生母於大《おだい》の方の菩提寺であり、静かな威厳に満ちていた。

京之介は、傳通院の横手にある古寺『正念寺』前の雑木林に入った。

「京之介さま……」

佐助が、木立の陰から現われた。

「正念寺に変わりはないか……」

京之介は、雑木林越しに古寺『正念寺』を眺めた。

「はい。住職の隻竜もおり、見た限り不審な処はありません」

「そうか……」

「して、首尾は……」

「うむ。岡田は直ぐにでも関野十蔵たち闇同心に襲わせるだろう」

京之介は、嘲りを過ぎらせた。

「そうですか。関野たち闇同心の襲撃、上手くいけば良いのですがね」

佐助は懸念した。

「関野たち闇同心は、沼津藩影目付の襲撃に不覚を取ったばかりだ。正念寺襲撃は覚悟を決めて掛かるだろう」

京之介は、関野十蔵たち水戸藩闇同心の置かれている立場を読んだ。

「でしたら、隼竜を助けなければならぬかもしれませんね」

佐助は眉をひそめた。

「如何にも……」

京之介は苦笑した。

半刻《はんとき》(一時間)が過ぎた。

京之介と佐助は、雑木林に潜んで古寺『正念寺』を見張り続けた。

枯葉を踏む音が微かに鳴った。

京之介は、枯葉の踏む音のした雑木林の奥を透かし見た。

十人程の武士が、雑木林の中を枯葉を踏んで古寺『正念寺』に忍び寄っていた。

先頭には、闇同心頭の関野十蔵がいた。

「関野十蔵です……」

佐助は囁いた。

「うむ……」

京之介は頷いた。

「京之介さま……」

佐助が、緊張した声で呼んだ。

饅頭笠を被った十数人の雲水が、二列になって古寺『正念寺』に向かって来た。

「闇同心だ……」

水戸藩闇同心は、総力をあげて古寺『正念寺』を襲い、月光尼を捕らえようとしている。

京之介は、水戸藩江戸家老の岡田采女正が己の仕掛けた企てに嵌《は》まったのを知り、冷徹な笑みを滲ませた。

「雑木林を来た関野たちに雲水。闇同心、他にもいるのかもしれませんね」

佐助は睨んだ。

「おそらくな……」

京之介は頷き、関野たち闇同心が古寺『正念寺』の前に潜むのを見守った。

十数人の雲水たちは、隊列を組んだまま古寺『正念寺』の山門を潜って行った。

関野たち闇同心は、古寺『正念寺』の山門に走った。

「京之介さま……」

「うむ……」

京之介は、古寺『正念寺』に近付いた。

佐助が続いた。


十数人の雲水たちは、古寺『正念寺』の庫裏を取り囲んだ。

雲水の一人が錫杖から仕込刀を抜き、庫裏の腰高障子を静かに叩いた。

刹那、腰高障子を突き破って棒手裏剣が飛来し、雲水の胸に突き刺さった。

雲水は、弾かれたように背後に倒れた。

残った雲水たちは、物陰に散って錫杖の仕込刀を抜き払った。

庫裏の屋根に現われた忍びの者が、物陰に散った雲水たちに棒手裏剣を放った。

雲水たちは、棒手裏剣を受けて倒れた。

「おのれ……」

雲水たちは物陰を出た。そして、投げ付けられる棒手裏剣を搔い潜り、庫裏の戸口に殺到した。

棒手裏剣は、雲水の饅頭笠を貫かずに弾き返された。

忍びの者は戸惑った。

闇同心の扮した雲水たちは、饅頭笠の裏に鉄板を貼っていたのだ。

雲水たちは、腰高障子を蹴破って庫裏の中に踏み込んだ。

庫裏の中に人はいなかった。

雲水たちは、庫裏の奥に進もうとした。

次の瞬間、若い寺男が忍び刀を翳《かざ》して天井から襲い掛かった。

雲水の一人が、血を飛ばして斃れた。

残った雲水たちが、若い寺男に殺到した。

若い寺男には、棒手裏剣を投げて逃げる暇はなかった。

殺到した雲水たちは、仕込刀を煌めかせて若い寺男を滅多斬りにした。

若い寺男は、血塗《ちまみ》れになって斃れた。

雲水たちは、鉄板を貼った饅頭笠を盾にして庫裏の奥に進んだ。


京之介の睨み通り、昼間の『正念寺』に忍びの者は少なかった。

「月光尼を捜せ……」

関野十蔵は、配下の闇同心たちに命じた。

闇同心たちは、階《きざはし》を駆け上がって本堂に雪崩《なだ》れ込んだ。


本堂は薄暗かった。

雪崩れ込んだ闇同心たちは、本堂を素早く検めて奥に続く廊下に向かった。

忍びの者が、廊下の入口に現われて棒手裏剣を放った。
棒手裏剣は、先頭の闇同心の胸に突き刺さった。
続く闇同心たちが、構わず忍びの者に襲い掛かった。
忍びの者は、大きく飛び退いた。
棒手裏剣を投げさせてはならぬ……。
闇同心たちは、素早く間合いを詰めて斬り掛かった。
忍びの者は、慌てて斬り結んだ。
二人の忍びの者が現われ、闇同心との闘いに加わった。
「捜せ。月光尼を捜し出せ」
関野十蔵の声が響いた。
激しい斬り合いが続き、古寺『正念寺』には殺気が渦巻いた。
古寺『正念寺』の表は、水戸藩闇同心が山門を閉めて押さえた。
斬り合いは、忍びの者一人に闇同心数人掛かりで繰り広げられた。
多勢に無勢……。

狭い屋内で大勢の敵に間合いを詰められての斬り合いは、忍びの者には不利でしかなかった。

月光尼配下の出羽忍びは、激しく斬り立てられた。

隻竜が脱出するとしたら裏からだ……。

京之介は睨んだ。

「裏だ……」

京之介と佐助は、古寺『正念寺』の裏手に走った。


京之介は、古寺『正念寺』の裏手を窺った。

裏手には五人の闇同心が潜み、逃げ出して来る者を待ち構えていた。

「抜かりはないですか……」

佐助は苦笑した。

「うむ。奴らが潜んでいるところをみると、隻竜は未だ脱出していないな」

京之介は見定めた。

「どうします」

佐助は眉をひそめた。

潜んでいる闇同心たちは、隻竜の脱出に邪魔なだけなのだ。

「片付ける。隻竜が逃げ出して来たら追え」

京之介は命じた。

「心得ました」

佐助は、緊張した面持ちで頷いた。

京之介は、植込みを迂回して闇同心たちの背後に廻った。


闇同心たちは、厳しい面持ちで『正念寺』の裏口を見据えていた。

南無阿弥陀仏……。

京之介は、闇同心たちの背後に忍び寄って経を唱えた。

闇同心は、思わず振り返った。

京之介は、霞左文字を抜き打ちに放った。

霞左文字は閃光となり、闇同心の首の血脈を斬り裂いた。

闇同心は、驚く暇もなく斃れた。

残りの闇同心たちが、京之介に気が付いて狼狽えた。

京之介は、霞左文字を縦横に閃かせた。

闇同心たちは、次々に首の血脈を斬られて声をあげる事もなく斃れた。

左霞流の手練れの早技だった。

『正念寺』の裏手を固めていた闇同心たちは、潜んでいた処から逃げる間もなく皆殺しにされた。

京之介は、霞左文字に拭いを掛けた。

『正念寺』の裏口から、初老の片眼の僧が出て来た。

住職の隻竜……。

京之介は、素早く身を隠した。

狙い通りだ……。

京之介は、隻竜を見守った。

隻竜は、『正念寺』を一瞥して裏手から離れようとした。

追って現われた闇同心が、隻竜に飛び掛かった。

隻竜は、鎖を放った。

鎖の先の分銅が、闇同心の顔を鋭く打ちのめした。

闇同心は、鼻血を飛ばして仰け反った。

隻竜は、鎌を横薙ぎに振るった。

鼻血に塗れた闇同心は、喉元を掻き切られて絶命した。

隻竜は、殺した闇同心を冷たく一瞥して裏手から離れた。

佐助が追った。

京之介は、隻竜を追う佐助に続いた。

古寺『正念寺』では、月光尼配下の忍びの者と関野十蔵率いる闇同心の凄惨な殺し合いが続いていた。


月光尼配下の忍び頭の隻竜は、水戸藩闇同心に襲われた『正念寺』を脱け出し、小石川大下水を越えた。

佐助は、慎重に尾行た。

何処に行く……。

京之介は、隻竜を尾行る佐助を追った。

隻竜の行き先には月光尼がいるのか……。

京之介は、己の企てが上首尾に終わるのを願った。

隻竜は、足早に進んだ。

京之介は、佐助に追い付いて隻竜の尾行を交代した。

佐助は、京之介に尾行を任せて後ろに下がり、菅笠と竹駕籠を調達し、形《なり》を百姓に変えて続いた。


古寺『正念寺』は、斃された者たちの血の臭いで満ち溢れた。

水戸藩闇同心は、古寺『正念寺』を制圧した。しかし、『正念寺』の何処にも月光尼はいなかった。

「捜せ……」

闇同心頭の関野十蔵は、配下の者たちと月光尼を捜して『正念寺』の家探しをした。

「忍びの者の忍び宿だ。隠し部屋や抜け道があるかもしれぬ。徹底的に検めろ」

関野は焦りを覚えた。

「お頭……」

配下の伊原甚内《いはらじんない》がやって来た。

「月光尼がいたか、甚内……」

「いえ……」

「ならば何だ」

関野は苛立った。

「裏口を固めていた者たちですが、揃って首の血脈を一太刀で斬り裂かれて斃されています」

「何……」

関野は眉をひそめた。

「そして、一人だけ顔を潰され、喉を掻き切られていました」

「手口が違うか……」

「はい。殺った者は二人かと……」

甚内は告げた。

「うむ。顔を潰して喉元を掻き切ったのは忍びの者だろうが、首の血脈を一太刀で斬ったのは、かなりの剣の遣い手……」

関野は読んだ。

「はい。ひょっとしたら月光尼は、その者に助けられて逃げたのでは……」

甚内は睨んだ。

「甚内、正念寺の周囲の者に月光尼を見掛けなかったか聞き込みを掛けろ」

関野は命じた。

「心得ました」

闇同心伊原甚内は、素早く『正念寺』の裏手に去った。

甚内の睨み通りなら、関野たち闇同心の襲撃は失敗した事になる。

「おのれ……」

関野は、怒りと悔しさを激しく交錯させ、岡田采女正の叱責を恐れた。

月光尼たちの忍び宿は、『正念寺』の他にもあるのかもしれない。

よし……。

日が暮れてから帰って来る忍びの者を捕らえて吐かせる。

関野は、『正念寺』内の死体を片付けさせ、見張りや行商から帰って来る忍びの者を待った。

白山《はくざん》権現から千駄木団子坂《せんだぎだんござか》を進むと、谷中感応寺《やなかかんのうじ》門前に出る。

谷中感応寺は富籤《とみくじ》で名高い寺であり、門前にはいろは茶屋と呼ばれる岡場所があった。

いろは茶屋の馴染客は坊主が多かった。

隻竜は、感応寺門前の茶店に立ち寄った。

佐助は見届けた。

「茶店か……」

佐助の背後に京之介が現われ、茶店の縁台に腰掛けて茶店娘に茶を注文している隻竜を見守った。

隻竜は、運ばれた茶を飲みながら茶店娘と言葉を交わしていた。

京之介と佐助は見守った。

茶を飲み終えた隻竜は、茶店娘と一緒に茶店の奥に入った。

「京之介さま……」

「うむ……」

京之介と佐助は、茶店に行こうとした。

その時、僧衣を十徳に着替え、宗匠《そうしょう》頭巾を被った隻竜が茶店から出て来た。

「佐助……」

「ええ。形を変えてどうする気ですかね」

佐助は戸惑った。

「坊主が女郎屋に行く時、形を変える者もいると聞く。そいつかもしれぬ」

京之介は読んだ。

姿を変えた隻竜は、茶店娘に見送られていろは茶屋に向かった。

二

いろは茶屋の名の謂《い》われは、女郎屋が〝いろは四十八文字〟と同じ四十八軒あったところから来ているとする説を始め、いろいろある。

十徳に宗匠頭巾を被った隻竜は、いろは茶屋の中の女郎屋にあがった。

京之介と佐助は、隻竜のあがった女郎屋に近付いた。

女郎屋は、『花月楼』と書かれた暖簾を揺らしていた。

「花月楼《かげつ》か……」

「月光尼、まさか此の女郎屋にいるんじゃあないでしょうね」

佐助は、戸惑いを浮かべた。

「佐助、月光尼は出羽忍びだ。何があってもおかしくない」

京之介は小さく笑った。

「じゃあ、花月楼は忍び宿かも……」

佐助は、緊張した面持ちで『花月楼』を見詰めた。

「おそらく……」

京之介は頷いた。

女郎屋『花月楼』は、出羽忍び月光尼一党の忍び宿の一つに違いない。しかし、常に多くの者が出入りをしており、不用意に踏み込む訳にはいかない。

先ずは月光尼がいるかどうかだ……。

京之介は、見定める事にした。

「でしたら、男衆に金を握らせて……」

「佐助、花月楼が忍び宿なら、男衆は忍びの者に相違あるまい。下手な探りは禁物。どのような店か付近の者に聞き込み、暫く様子をみるのだな」

京之介は命じた。

「心得ました」

佐助は頷いた。


感応寺門前の茶店では、参拝客やいろは茶屋に遊びに来た者が茶を飲んでいた。

京之介は、女郎屋『花月楼』の見張りを佐助に任せ、茶店の前に戻って来た。

茶店娘が、赤い前掛を外しながら茶店から出て来た。

京之介は、咄嗟に物陰に隠れた。

茶店娘は、感応寺門前から横手の道に廻り、芋坂《いもざか》に向かった。

仕事を終えた帰りにしては早過ぎる……。

京之介は気になった。

よし……。

京之介は、茶店娘を尾行てみる事にした。

茶店娘は、芋坂を足早に下って石神井《しやくじい》用水に出た。

京之介は、慎重に尾行た。

茶店娘は、石神井用水に架かっている小橋を渡った。そして、石神井用水沿いの小径を東に進んだ。

何処に行く……。

京之介は追った。

御隠殿や梅屋敷を石神井用水越しに眺め、尚も進むと根岸《ねぎし》の里《さと》になる。

茶店娘は、根岸の里に進んだ。

根岸の里は、東叡山寛永寺《とうえいざんかんえいじ》のある上野《うえの》の山陰にあり、幽趣《ゆうしゆ》があると文人墨客《ぶんじんぼつかく》や趣味人に好まれていた。

静けさに石神井用水のせせらぎが響き、水鶏《くいな》の鳴き声が聞こえた。

京之介は、茶店娘を尾行た。

茶店娘は、石神井用水の畔にある生垣に囲まれた仕舞屋《しもたや》の前に立ち止まった。
京之介は、素早く木陰に身を潜めた。
茶店娘は、生垣の横手の木戸を潜った。そして、仕舞屋の格子戸を開けた。
「只今戻りました。おさきです」
茶店娘はおさきと名乗り、格子戸を閉めた。
おさき……。
京之介は、生垣に囲まれた仕舞屋がおさきの家なのか見定めようとした。
仕舞屋にいるのは誰だ……。
仕舞屋は格子戸が閉められ、静けさに覆われていた。
まさか……。
月光尼がいるのかもしれない。
京之介は、不意にそう思った。
おさきは、仕舞屋に入ったままだ。
京之介は、生垣の木戸を潜って仕舞屋の庭に忍び込んだ。
狭い庭の生垣の向こうには石神井用水があり、時雨《しぐれ》の岡《おか》が見えた。

線香の匂いが漂った。
京之介は、仕舞屋の障子の開け放たれた座敷を窺った。
座敷には仏壇があり、小柄な老婆が手を合わせて経を呟いていた。
おさきは、老婆の背後に座って手を合わせていた。
京之介は、仏壇に手を合わせる老婆とおさきを見守った。
祖母と孫娘か……。
京之介は、老婆とおさきの間柄を読んだ。
老婆とおさきは、仏壇に手を合わせ続けた。
長閑《のどか》な光景だった。
読み過ぎたのかもしれない……。
京之介は苦笑した。
此迄だ……。
京之介は、素早く仕舞屋の庭から石神井用水沿いの小径に出た。
時雨の岡には、楽しげに遊ぶ子供たちの姿が見えた。
京之介は、石神井用水沿いの小径を戻った。

女郎屋『花月楼』は繁盛していた。

『花月楼』には、七人の女郎、二人の遣り手、六人の男衆たちがおり、義十《ぎじゅう》という名の初老の親方が営んでいた。

義十と六人の男衆は、月光尼配下の忍びの者なのか……。

佐助は、油断なく女郎屋『花月楼』を窺った。

今のところ、月光尼と思われる女がいると思えるような聞き込みの結果はない。

そして、隻竜が女郎屋『花月楼』から出て来る気配もなかった。

月光尼はいるのか……。

佐助は見定めようと、女郎屋『花月楼』についての聞き込みを続けた。


夕暮れ時。

水戸藩江戸上屋敷に沼津藩の土方縫殿助が訪れ、江戸家老の岡田采女正に面会を求めた。

土方縫殿助が何用だ……。

岡田采女正は、不審を抱きながらも土方縫殿助を書院に通した。

土方は、満面に笑みを浮かべて不意の訪問を詫び、岡田と挨拶を交わした。

「して土方どの、何用ですかな」

岡田は、土方を見据えて尋ねた。

「それなのだが岡田どの、我が主の出羽守が水戸家に拘わる噂を聞いたそうでしてな」

「御老中が噂を……」

岡田は、土方を見返した。

「左様……」

「さあて、どのような噂ですかな……」

岡田は、噂が九字兼定に拘わるものと気付きながらも惚《とぼ》けた。

「それが、御当家収蔵の九字兼定なる名刀を使い、畏《おそ》れ多くも将軍家を呪詛していると……」

土方は、その眼に狡猾さを過ぎらせた。

「ほう。御三家の水戸家が、宗家である将軍家を呪詛していると申されるか……」

岡田は、僅かに狼狽えて見せた。

「左様。そのような噂があるようだと、主の出羽守が申しましてな。万一、事実だとしたら天下の一大事。見定めて参れと……」

「土方どの、水戸家が将軍家を呪詛するなどありえぬ事。出羽守さまのお聞きになられた噂は只の質《たち》の悪い噂……」

岡田は否定した。

「岡田どの、噂が只の質の悪い噂だと申されるならば、将軍家の呪詛に使われている九字兼定なる刀を、老中である出羽守に速やかに差し出されるのですな」

土方は、嘲りを滲ませた。

「土方どの、それで御老中は、九字兼定を如何致しますかな」

岡田は、土方の腹の内を見定めようとした。

「岡田どの、噂が質の悪い噂ならば、御三家水戸家を相手に何者が流したのか……」

土方は話題を変えた。

知っている……。

土方縫殿助は、水戸家による将軍家呪詛の噂を流した者を知っているのだ。

岡田は気が付いた。

「御存知ですかな……」

土方は、岡田を見据えた。

「忍びの者の仕業……」

「もし、忍びの者の仕業ならば、背後に潜むのは何処の誰か……」

土方は冷たく笑った。

「土方どのは、御存知なのか……」

岡田は眉をひそめた。

「岡田どの、如何に御三家でも将軍家呪詛は謀反《むほん》……」

土方は、厳しい面持ちで云い放った。

「土方どの……」

岡田は緊張した。

「質の悪い噂、濡《ぬ》れ衣《ぎぬ》だと申されるなら、老中である我が主出羽守に御相談されるが宜しい。では、これにて御免……」

土方は、刀を手にして立ち上がった。
「お帰りだ、お送り致せ」
岡田は、書院の外に控えていた家臣に慌てて命じた。
土方縫殿助は、足音を鳴らして立ち去った。
おのれ……。
岡田は、怒りに震えた。
土方は、己の主の老中水野出羽守忠成に頼り、その下知に従えと云ったのだ。
水野忠成と土方縫殿助は、御三家の水戸家を支配下に置こうとしているのだ。
「おのれ、たかが五万石の田舎大名が、老中の威光を笠に……」
岡田は、怒りを露《あら》わにした。
それにしても関野十蔵は、何をしているのだ……。
岡田の怒りの鉾先は、闇同心頭の関野十蔵にも向けられた。
家来が、暗くなった書院に火を灯した燭台を持って来た。
燭台の火は、岡田采女正に本来の怜悧さを取り戻させた。
出羽忍び月光尼の背後に潜むのは、何者なのか……。

潜む者は、『臨兵闘者皆陣烈在前』の彫られている九字兼定に細工をし、水戸家を、将軍家を呪詛する謀反人に仕立てあげようとしているのだ。

誰が何故《なにゆえ》だ……。

岡田は、出羽忍びの月光尼の背後に潜む者を思い浮かべた。

かって、水戸から出羽国秋田に国替えを命じられた佐竹藩の遺恨なのか……。

佐竹藩は既に秋田に深く根付いており、今更あり得ない話だ。

水戸家を陥れようとする力を持つ大名家は、同じ御三家の尾張徳川家と紀伊徳川家ぐらいだ。

岡田は、冷静に想いを巡らせた。

燭台の火は不安げに揺れた。

水戸藩闇同心頭の関野十蔵は、古寺『正念寺』に戻って来た三人目の忍びの者も斬り棄てた。

『正念寺』に戻って来た三人の忍びの者は、誰一人として他の忍び宿を知らなかった。

此迄だ……。

後は、裏手から逃げたと思われる月光尼の足取りを追っている伊原甚内の報せを待つしかない。

関野は、配下の闇同心二人を見張りに残して引き上げる事にした。


「水戸藩の岡田采女正がな……」

兵藤内蔵助は、京之介の話を聞き終わって眉をひそめた。

「うむ。月光尼と背後に潜む者、そして土方縫殿助を相手に苦労をしている」

京之介は苦笑した。

「ならば、あまり深入りせず、手を引いた方が良いのではないか……」

内蔵助は、京之介の深入りを心配した。

「内蔵助、岡田采女正の敵は月光尼の背後に潜む者や土方以外にもいる……」

京之介は、皮肉っぽく笑った。

「京之介、おぬし……」

内蔵助は、京之介を厳しく見詰めた。

「貸しを作り、弱味を握れば、汐崎藩は水戸藩の長い軛《くびき》から逃れられる。汐崎藩の行く末や家憲さまの為にも、漸《ようや》く訪れた千載一遇《せんざいいちぐう》の好機。内蔵助、私は九字兼定を奪い取り、一橋家の隠居の治済や水野忠成、土方縫殿助を出し抜く……」

京之介は、昂ぶりや侮りを見せず、静かに告げた。

「何事も汐崎藩と家憲さまの為か……」

内蔵助は、京之介の静けさに秘められた蒼白い炎を見た。

「内蔵助、私には幼かった家憲さまを汐崎藩藩主にした責めがある」

「京之介、それは梶原さまと私も同じだ」

「ならば、せいぜいその責めを取ろうではないか……」

京之介は、屈託のない笑顔を見せた。


窓から差し込む月明かりを頼りに、京之介は侍長屋の家の燭台に火を灯した。

楓の葉が一枚、文机《ふづくえ》の上に置かれていた。

楓……。

京之介は、楓が水戸から戻って来たのを知った。

神尾兵部の傷は癒《い》えたのか……。

いずれにしろ、戻って来た楓の存在は、出羽忍びの月光尼を捜す有力な武器であり、探索の幅が広がる。

明日、楓と逢う……。

京之介はそう決め、楓の葉を武者窓の格子に張り付けた。

飯倉神明宮《いいぐらしんめいぐう》前の境内は、朝から参拝客が行き交っていた。

京之介は、飯倉神明宮の本殿に手を合わせて境内の茶店に向かった。

茶店は、参拝帰りの客が茶を飲んでいた。

京之介は、茶店の奥の縁台に腰掛け、老亭主に茶を頼んだ。

「私にもお茶をお願いしますよ。ちょいとお邪魔します」

楓は、老亭主に茶を頼み、京之介に微笑み掛けて隣に腰掛けた。

「御苦労だったな」

京之介は、楓を労《ねぎら》った。

「いいえ。神尾さまはどうにか歩けるようになりましてね。駕籠で今日の昼過ぎには江戸に到着する筈です」

「そうか……」

京之介は眉をひそめた。

「何か……」

楓は戸惑った。

「うむ。今、水戸藩は月光尼と背後に潜む者や、土方縫殿助たちに追い立てられていてな。江戸に戻った神尾どのは、おそらく先頭に立って闘われるだろう」

京之介は懸念した。

「それは未だ無理ですよ」

楓は戸惑った。

「だが、神尾どのは、水戸藩の窮地を知りながら大人しく養生するような武士ではない」

京之介は、淋しげな笑みを浮かべた。

「水戸藩は、そこ迄、追い詰められているのか……」

楓は眉をひそめた。

「うむ……」

京之介は、水戸藩と月光尼や土方縫殿助たちの闘いの情況を語り始めた。

茶店は、参拝客で賑わった。


感応寺門前いろは茶屋は、朝帰りの客も帰って気怠《けだる》さが漂っていた。

佐助は、小さな煙草屋から斜向《はすむ》かいにある女郎屋『花月楼』を見張り続けていた。

「どうだい……」

廻り髪結《かみゆい》の女が、鬢盥《びんだらい》を提げてやって来た。

楓だった。

「無事に戻ったか……」

佐助は微笑んだ。

「そりゃあもう。変わりはないようだね」

楓は、佐助が女郎屋『花月楼』を見張り続けている情況を読んだ。

「聞いたか……」

「ええ。で、入ったままか……」

「ああ……」

月光尼配下の隻竜は、女郎屋『花月楼』から出て来てはいない。

「じゃあ、月光尼一党の忍び宿か……」

楓は眉をひそめた。

「やはり、そう思うか……」

「間違いないだろう」

楓は、女郎屋『花月楼』を眺めた。

女郎屋『花月楼』の籬《まがき》の内の張見世《はりみせ》に女郎はいなく、男衆が表の掃除をしていた。

「女郎屋を忍び宿にするとはな……」

楓は苦笑した。

二人の男衆が女郎屋『花月楼』から現われ、掃除をしている男衆と短く言葉を交わして出掛けた。

「よし。追ってみる」

楓は、出掛けて行く二人の男衆を追った。

「気を付けてな」

佐助は、楓を見送った。


二人の男衆は、連なる寺の間の道を進んで千駄木《せんだぎ》の町に出た。そして、団子坂から四軒寺丁を抜け、小石川に向かった。

女郎屋『花月楼』が月光尼一党の忍び宿なら、男衆は忍びの者に決まっている。

楓は、慎重に追った。

二人の男衆は、小石川傳通院傍の『正念寺』の様子を窺いに行くのかもしれない。

楓は読んだ。


古寺『正念寺』は山門を閉じ、静寂に覆われていた。

二人の男衆は、楓の読み通りに古寺『正念寺』にやって来た。

やはり、月光尼配下の忍びの者……。

楓は、二人の男衆を見守った。

二人の男衆は、古寺『正念寺』の山門の前に佇んで様子を窺った。そして、不審はないと見定め、土塀を越えて『正念寺』の境内に入った。

『正念寺』がどうなったか見定めに来たのか……。

楓は、秘かに続こうとした。

刹那、殺気が湧いた。

楓は、咄嗟に身を隠して殺気の出処を探した。

雑木林から現われた数人の武士が、殺気を漲《みなぎ》らせて『正念寺』に走った。

水戸藩闇同心……。

楓は、水戸藩の闇同心が『正念寺』の様子を窺いに来る月光尼配下の忍びの者を待ち構えていたのに気が付いた。

三

水戸藩闇同心たちは土塀を乗り越え、『正念寺』に侵入した。

二人の男衆は、庫裏の腰高障子に身を寄せて中の様子を窺っていた。

闇同心たちは、素早く二人の男衆を取り囲んだ。

二人の男衆は、棒手裏剣を放って囲みを破ろうとした。

刹那、背後の腰高障子が開き、現われた闇同心伊原甚内が男衆の一人を斬り棄てた。

斬られた男衆は、血を振り撒いて斃れた。

残る男衆は、驚き怯んだ。

男衆を斬り棄てた甚内は、残る男衆の首に素早く刀を突き付けた。

「動くな……」

甚内は、酷薄な笑みを浮かべた。

「お、おのれ……」

男衆は、苦しげに身を仰《の》け反《ぞ》らせた。

「名は……」

甚内は、酷薄な笑みを浮かべて尋ねた。

「ない……」

男衆は吐き棄てた。

「命は大事にするんだな」

甚内は、刀の鋒《きつさき》で男衆の喉元を浅く斬った。

傷口に血が滲んだ。

「さ、才三《さいぞう》……」

男衆は、血の滲んだ喉元を震わせた。

「よし……」

甚内は、取り囲んでいる闇同心たちに目配せをした。

闇同心たちは、才三を庫裏に連れ込み、死体を片付けた。

闇同心たちは、才三を拷問に掛けて月光尼や隻竜の居場所を吐かせる……。

楓は睨み、庫裏に忍び寄った。


縛られた才三は、梁《はり》から逆さ吊りにされて苦しげに顔を歪めた。

「才三、月光尼と此処の住職の隻竜は何処にいる……」

甚内は、逆さ吊りにされている才三の身体を廻した。

才三は、苦痛に呻《うめ》いた。

「云わねば、血が頭に下がり、目鼻や耳から血が噴き出し、死ぬ……」

甚内は、才三の身体を尚も廻した。

才三は、必死に堪《こら》えた。

「才三、お前が死ねば、他の者に訊く迄だ」

甚内は嘲笑った。

「止めろ。云うから止めてくれ……」

才三は、嗄れ声を震わせた。

甚内は、才三の身体を廻すのを止めた。

「云え……」

「お、お頭の隻竜さまは、いろは茶屋の花月楼だ……」

才三は吐いた。

「いろは茶屋の花月楼。月光尼もそこにいるのか……」

「いない……」

「ならば、何処にいる……」

「し、知らぬ。御前さまの居場所はお頭しか知らぬ」

「花月楼にはいないのだな」

甚内は念を押した。

「そうだ……」

「嘘偽りはないな」

「ああ……」

才三は、嗄れ声を苦しげに引き攣らせて頷いた。

「ならば、此迄だ。御苦労だったな。今、楽にしてやる」

甚内は、笑いながら才三の心の臓に刀を突き立てた。

才三は眼を瞠《みは》り、五体を激しく痙攣《けいれん》させて絶命した。

楓は、庫裏の奥の廊下に潜み、甚内の冷酷さと非情さに思わず眉をひそめた。

甚内は、刀に付いた血を殺した才三の着物で拭った。

「先ずは、いろは茶屋の花月楼にいる隻竜を捕らえ、月光尼の居場所を訊き出すしかあるまい……」

甚内は、仲間の闇同心に告げた。
「ならば甚内、俺がお頭に報せる」
闇同心の一人が進み出た。
「それには及ばぬ……」
甚内は冷たく笑った。
報せに行こうとした闇同心は、怪訝《けげん》に甚内を振り返った。
刹那、甚内は報せに行こうとした闇同心を斬った。
報せに行こうとした闇同心は斃れ、残りの者たちは驚いた。
甚内は、刀を縦横に振るった。
肉が斬り裂かれ、骨の断つ音がし、血が飛び散った。
残った闇同心たちは、不意を衝かれて次々に斃された。
甚内は、嘲笑を浮かべて最後の一人を斬り棄てた。
楓は、息を詰めたまま惨劇を見守った。
甚内は、仲間の闇同心たちを不意に斬り棄てたのだ。

楓は、驚き困惑した。

甚内は、斬り棄てた闇同心たちに容赦なく止《とど》めを刺していた。

辛《かろ》うじて息をしていた闇同心の呻きが、哀しく洩れた。

どういう事なのだ……。

楓は、甚内の正体と腹の内を読もうとした。

甚内は、止めを刺し終えて不気味な薄笑いを浮かべた。

楓は、思わず身を翻した。

血の臭いは、庫裏に満ち溢れた。

陽は西に傾き、昼は過ぎた。

神田川の流れは煌めき、荷船が行き交っていた。

塗笠を被った京之介は、神田川に架かっている小石川御門の袂に佇み、水戸藩江戸上屋敷を眺めていた。

水戸藩江戸上屋敷は表門を閉め、人は脇の潜り戸から出入りをしていた。

四人の駕籠舁《かごかき》に担がれた駕籠が、垂れを下ろして神田川沿いの道をやって来た。

あれだ……。

京之介は塗笠をあげ、やって来る四人の駕籠舁に担がれた駕籠を見守った。

四人の駕籠舁に担がれた駕籠は、水戸藩江戸上屋敷の門前に降ろされた。

駕籠舁の一人が、潜り戸に駆け寄って何事かを告げた。

潜り戸が開き、番士と中間たちが出て来た。そして、駕籠に駆け寄って乗っていた武士を助けるように降ろした。

降ろされた武士は、水戸藩御刀番頭の神尾兵部だった。

神尾兵部……。

京之介は、神尾兵部が無事に江戸に帰って来たのに安堵した。

神尾は、番士や中間たちに助けられ、左脚を引き摺って潜り戸から水戸藩江戸上屋敷に入って行った。

よし……。

京之介は、神尾兵部の無事を見届けて小石川御門の袂を離れようとした。

小石川御門を渡って来た中年の武士と供侍が、京之介の前を足早に横切って水戸藩江戸上屋敷に向かって行った。

京之介は思わず眉をひそめ、中年の武士たちを見送った。

中年の武士の供侍は、水戸藩江戸上屋敷の潜り戸を叩いた。そして、潜り戸から出て来た番士と何事か言葉を交わし始めた。

水戸藩の家臣ではない……。

京之介は、迎えた番士の様子から睨んだ。

何処の誰だ……。

京之介は、中年の武士たちを見守った。

中年の武士たちは、番士に誘われて潜り戸から水戸藩江戸上屋敷に入った。

何者か突き止める……。

京之介は、厳しい面持ちで塗笠を目深に被り直した。


谷中いろは茶屋の『花月楼』の張見世には女郎たちが並び、行き交い始めた客が籬を覗いていた。

楓は、煙草屋で見張っていた佐助の許に戻り、事の次第を伝えた。

「水戸藩の闇同心が……」

佐助は眉をひそめた。

「うん。甚内という者が花月楼の男衆を責めて隻竜の居処を吐かせ、五人の仲間を斬り棄てた」

楓は、困惑した面持ちで告げた。

「じゃあ、その甚内って奴は、水戸藩の闇同心じゃあなかったのか……」

「きっと……」

「甚内か……」

「ああ。冷酷で非情な男だ」

「忍び宿の花月楼の男衆を手に掛け、水戸藩の闇同心じゃあないとなると……」

「土方縫殿助配下の沼津藩の影目付か……」

楓は読んだ。

「それしかいないな……」

佐助は頷いた。

「水戸藩に潜んでいる内通者か……」

「ああ。とにかく俺たちは、月光尼の居処を突き止めて九字兼定を奪い取る。それが京之介さまの企てだ」

「その為には闇同心も影目付もない。使えるものは何でも使い、手立ては選ばぬか……」

楓は苦笑した。

「京之介さまは、汐崎藩と家憲さまの為なら、情け容赦のない鬼になる覚悟だ」

佐助は、京之介の腹の内を読んだ。

「うむ……」

楓は頷き、行き交う者たちを見て緊張を浮かべた。

「どうした……」

「あの深編笠、身のこなしから見て甚内だ」

楓は、やって来た深編笠を被った着流しの浪人を示した。

「彼奴《あやつ》が甚内か……」

佐助は、甚内を見守った。

甚内は、『花月楼』の籬越しに張見世にいる女郎たちを眺めた。

「女郎を買いに来たのか……」

佐助は眉をひそめた。

「いや。狙いは隻竜だ……」

楓は、厳しい面持ちで『花月楼』の前に佇む甚内を見守った。


半刻が過ぎた。

中年の武士と供侍が、水戸藩江戸上屋敷から出て来た。

誰と逢って何をしていたのだ……。

京之介は見守った。

中年の武士と供侍は、神田川に架かる小石川御門を渡った。

何処の誰か突き止める……。

京之介は、塗笠を目深に被って追った。


中年の武士と供侍は、小石川御門を渡って小川町《おがわまち》の武家屋敷街を南に進んだ。

京之介は尾行《つけ》た。

中年の武士と供侍は、出羽国亀田《かめだ》藩の江戸上屋敷の前を抜けて堀留に進んだ。そして、堀留沿いを雉子橋《きじばし》御門に向かった。

そうか……。

京之介は、中年の武士と供侍の行き先を読んだ。

中年の武士と供侍は、雉子橋御門の前を通り抜けて堀留と火除地《ひよけち》の間を一ツ橋御門に向かった。そして、中年の武士と供侍は、一ツ橋御門を渡って一橋屋敷に入った。

やはり、中年の武士と供侍は、一橋家の家臣だった。

御三卿一橋家は、十一代将軍家斉の実家であり、隠居の治済がいる。

一橋家の家臣は、水戸藩江戸上屋敷に何用があって行ったのか……。

京之介は、想いを巡らせた。

何れにしろ、策士と評判の隠居の治済が動きだしたのだ。

京之介は、新たな緊張を覚えた。


夕暮れが近付いた。

谷中いろは茶屋の女郎屋は、張見世の籬を覗く客で賑わった。だが、『花月楼』

の張見世の籬を覗く客はいなかった。

『花月楼』の籬の前には着流しの浪人姿の甚内が佇《たたず》み、近寄る客を冷笑を含んだ眼で見据えた。

近寄った客は、甚内に不気味さを覚えて慌てて立ち去った。

張見世の女郎たちは、甚内を恐ろしげに見詰めては囁き合っていた。

『花月楼』に近付く客はいなかった。


佐助と楓は、斜向かいの煙草屋から見守っていた。

「嫌がらせか……」

佐助は戸惑った。

「ああ。そして、隻竜に繋ぎを取るつもりだ」

楓は眉をひそめた。


「旦那……」

『花月楼』の男衆たちが、籬の前に佇んでいる甚内を取り囲んだ。

「何だ……」

「其処《そこ》に立っていられたら、客が寄り付きませんでしてね。申し訳ありませんが、ちょいと退《の》いちゃあ頂けませんか……」

男衆たちは、穏やかな言葉とは裏腹に甚内を睨み付けた。

「退けだと……」

甚内は、男衆たちを睨み返した。

「へい……」

男衆たちは頷いた。

「退かぬ……」

甚内は、嘲りを浮かべた。

「旦那……」

男衆たちは、怒りを漂わせて囲みを狭めた。

甚内は、男衆の一人に素早く身を寄せた。

男衆の一人は顔色を変えた。

甚内は、いつの間にか手にした苦無を男衆の腹に突き付けていた。

「て、手前《てめえ》……」

男衆たちは怯んだ。

「花月楼に火を放たれたくなければ、芋坂を下った石神井用水に一人で来いと、頭の隻竜に伝えろ」

「お頭に……」

「隻竜が正念寺から此処に来たのは分かっている。確《しか》と伝えるんだな」

甚内は、苦無を腹に突き付けた男衆を促し、『花月楼』から離れた。

男衆たちは為す術《すべ》もなく見送り、『花月楼』に戻った。


「私が追う。隻竜の出方を……」

「承知……」

佐助は頷いた。

楓は、佐助を残して甚内と男衆を追った。

佐助は、『花月楼』を見守った。

『花月楼』の籬の前に客が集まり、張見世を覗き込み始めた。

甚内は、男衆の背に身を寄せて苦無を突き付け、感応寺門前から芋坂に向かった。
楓は尾行た。

佐助は、『花月楼』を見張った。
宗匠頭巾を被った十徳姿の隻竜が、『花月楼』から出て来た。
隻竜……。
佐助は見定めた。
隻竜は、片眼で周囲を鋭く見廻して芋坂に向かった。
佐助は追った。

石神井用水は、軽やかなせせらぎを響かせていた。
隻竜は芋坂を下り、石神井用水に架かっている小橋の袂に佇んだ。
小鳥の囀《さえず》りが甲高く響いた。
甲高い囀りは、小橋の傍の雑木林から響いていた。

指笛での小鳥の囀り……。

隻竜は、雑木林に踏み込んだ。

指笛での小鳥の囀りは、出羽忍びの繋ぎの手立ての一つなのだ。

連れ去られた男衆……。

隻竜は読み、小鳥の囀りのした雑木林の中を進んだ。

佐助は、充分に距離を取って雑木林に入り、足音を忍ばせて隻竜を追った。


「隻竜か……」

不意に木陰から声がした。

隻竜は立ち止まった。

木陰から『花月楼』の男衆が倒れた。

隻竜は眉をひそめた。

「気を失っているだけだ」

甚内が、木陰から現われた。

「おぬしは……」

隻竜は、探るように甚内を見据えた。

「沼津藩影目付の伊原甚内……」

甚内は名乗った。

「沼津藩の影目付か。土方縫殿助の手の者が何の用だ」

「月光尼は何処にいる」

「知ってどうする」

「隻竜、相手は御三家水戸藩。手を組んだ方が何かと都合が良い筈だ」

「手を組む……」

隻竜は、微かに戸惑った。

「左様。手を組んで水戸藩に対するのはどうだと、月光尼に訊きたい。逢わせて貰えぬか」

「無理だ……」

隻竜は苦笑した。

「無理なら此迄、花月楼に火を放つ……」

甚内は、嘲笑を浮かべた。

「ならば、私が土方縫殿助に逢って詳しい話を聞こう」

「おぬしが……」

「如何にも。で、乗れる話ならば、尼御前さまに取り次ぐ」

隻竜は告げた。

「分かった。ならば、いつ何処で……」

「今夜、沼津藩の江戸上屋敷に行く」

隻竜は、事も無げに云い放った。

「今夜。上屋敷に……」

甚内は眉をひそめた。

「左様。土方に用部屋で待っているように伝えろ。もし、下手な真似をすれば、上屋敷は燃え上がる」

隻竜は、楽しそうに片眼を輝かせた。

「隻竜……」

「甚内、火事になって困るのは、岡場所の女郎屋より大名の上屋敷。それも、老中の屋敷が火を出せば、どうなるか……」

隻竜は笑った。

佐助は木陰に潜み、雑木林の奥にいる隻竜と甚内を見守った。

隻竜と甚内の話は聞こえなかった。しかし、楓が何処かに忍んで聞いている筈だ。

佐助は、楓が無事に戻るのを願った。

四

京之介は、水戸藩江戸上屋敷を訪れた。

「これは左さま……」

表門の番士は、京之介を覚えていた。

「やあ。神尾どのが帰られたと聞き、見舞いに参った。取り次いでは貰えぬかな」

京之介は、番士に頼んだ。

「はい。少々お待ち下さい」

番士は、京之介を表門脇の腰掛に待たせて侍長屋に走った。

京之介は、表御殿を眺めた。

表御殿の表には、家臣たちが緊張を漂わせて行き交っていた。

いつもとは違う……。

京之介は感じた。

「何かあったのか……」

京之介は、もう一人の番士に訊いた。

「いえ。別に……」

もう一人の番士は、緊張した面持ちで首を横に振った。

京之介は苦笑した。

水戸藩江戸上屋敷が緊張したのは、御三卿一橋家の家臣が訪れてからなのだ。

京之介は読んだ。

「左さま……」

神尾の許に行った番士が、老下男を伴ってやって来た。

「如何でしたかな」

「是非にもお逢いしたいと。神尾さまの処の友造《ともぞう》さんが御案内します」

番士は、京之介に老下男を引き合わせた。

「友造か……」

「はい。どうぞ、こちらにございます」

老下男の友造は、京之介を江戸上屋敷の東側に誘った。


御刀番神尾兵部の家は、水戸藩江戸上屋敷の敷地内にある家臣たちの屋敷の一角にあった。

京之介は、友造に誘われて神尾屋敷を訪れた。

神尾兵部は、左脚を投げ出して座っていた。

「やあ、神尾どの、御無事で何よりです」

京之介は、神尾の前に座った。

「いや。この通りでしてな。水戸ではいかいお世話になり申した」

神尾は、左脚を示して苦笑し、京之介に深々と頭を下げた。

「して、もう宜しいのですか……」

「どうにか。本当に太吉や楓にも随分と世話になった」

神尾は、懐かしそうに眼を細めた。

「おいでなさいませ。神尾の妻の花江《はなえ》にございます」

中年の妻女が、茶を持って来た。

神尾には、妻と二人の子がいた。

「汐崎藩の左京之介です」

花江は、京之介に挨拶をし、礼を述べて立ち去った。

「して神尾どの。一橋家の者が来ましたな」

京之介は、単刀直入に尋ねた。

「左どの、何故それを……」

神尾は戸惑った。

「一橋家は私の調べにも浮かびましてね」

「そうでしたか……」

「それで……」

「来た者は、石塚主水《いしづかもんど》と申される一橋家の御側役《おそばやく》です」

「御側役の石塚主水……」

「うむ……」

「して、用件は……」

「それなのだが、先程、御家老がお見えになられてな。奪われた九字兼定に彫られた『臨兵闘者皆陣烈在前』の九文字の他に上様を呪う文字が刻まれていたかと、お尋ねになられた」

「九字の他に上様を呪う文字……」

京之介は眉をひそめた。

「如何にも。それで、私は上様を呪う文字など、あろう筈がないと……」

「ええ……」

「すると御家老は、細工かと呟かれてお戻りになられた……」

「そうでしたか……」

おそらく一橋家の石塚主水は、水戸家が持っているとされている九字兼定に上様への呪いの文字が刻まれたとの噂があると、水戸藩江戸家老の岡田采女正にそれとなく脅しを掛けに来たのだ。それは、九字兼定を奪われた水戸藩には確かめようがないと見越しての事だ。

京之介は読んだ。

「うむ。それにしても御三卿の一橋家が出て来るとは……」

神尾は困惑した。

「神尾どの、九字兼定を奪った出羽忍びの月光尼の背後には、一橋家の隠居の治済が潜んでいるらしい」

京之介は、厳しい面持ちで告げた。

「治済さまが……」

神尾は驚いた。

「治済を御存知なのか……」

京之介は、神尾の驚きを読んだ。

「八年程前だったか、治済さまに頼まれて刀の目利きをした」

「治済に頼まれて刀の目利きを……」

「うむ。刀は治済さま御自慢の一振りで、正宗《まさむね》という触れ込みだったのだが、仔細に目利きをしたところ、精緻に造られた贋作《がんさく》だった」

「贋作……」

「如何にも……」

「治済は贋《にせ》の正宗を自慢していたか……」

京之介は苦笑した。

「左様。それ迄、目利きした者たちは、おそらく上様御実父である治済さまを憚《はばか》り、贋作だと告げなかったのであろう」

「だが、神尾どのは贋作だと……」

「うむ。以来、治済さまは私に一橋家に奉公しろとお誘いになられてな。神尾家は先祖代々水戸家家臣、それは出来ぬと断ったが……」

神尾は、一橋家隠居治済との拘わりを話した。

「そうでしたか……」

隠居の治済は、自慢の正宗の一刀を贋物だと遠慮なく目利きした神尾兵部が気に入った。出羽忍びの月光尼が、神尾兵部を殺さずに妙西寺の地下牢に閉じ込めた理由は、その辺りにあるのかもしれない。

京之介は読んだ。

「左どの、治済さまは水戸家に対し、何を企てているのか……」

神尾は、疲労の色を濃くした。

此迄だ……。

京之介は、潮時に気付いた。

沼津藩影目付伊原甚内は、月光尼配下の隻竜に手を組もうと誘いを掛けた。隻竜は、今夜沼津藩江戸上屋敷の土方縫殿助の用部屋に詳しい話を訊きに行くと告げた。

楓は雑木林に潜み、危険を冒して盗み聞いた事を佐助に教えた。

「土方の奴、何としてでも月光尼に近付いて九字兼定を奪う気だな」

佐助は読んだ。

「ああ。狐と狸の化かし合い、何とか相手を出し抜こうとしている……」

楓は、蔑《さげす》むような笑みを浮かべて頷いた。

「それで、伊原甚内は沼津藩江戸上屋敷に戻ったか……」

「おそらく、土方縫殿助に報せにな。で、隻竜は感応寺門前の茶店に寄って茶を飲み、花月楼に戻った」

楓は、隻竜の動きを見届けていた。

「感応寺門前の茶店……」

佐助は眉をひそめた。

「うむ……」

「隻竜、茶を飲んだだけか……」

「ああ。茶店娘と笑顔で話しながらな」

「茶店娘か……」

佐助は、隻竜が小石川の『正念寺』から谷中に逃げて来た時、やはり茶店に立ち寄って茶店娘と言葉を交わしていたのを思い出した。

「茶店娘がどうかしたのか……」

「うん。隻竜が花月楼に逃げて来た時にも同じ事があってな」

「同じ事……」

佐助は、首を捻った。

「ま、何れにしろ、今夜、沼津藩江戸上屋敷で何かが起こるかもな」

「うん……」

「よし。俺は京之介さまに報せる。隻竜を頼む」

「心得た」

佐助と楓は、それぞれのやる事を決めて別れた。

谷中いろは茶屋は、夕暮れ時を迎えて賑わっていた。


小石川『正念寺』の庫裏には、血の臭いが溢れていた。

水戸藩闇同心頭の関野十蔵は、江戸家老の岡田采女正に厳しく叱責されて探索を急いだ。そして、正念寺の住職を追った配下の伊原甚内からの繋ぎがないのに不審を抱いた。

関野十蔵は小石川正念寺に駆け付け、庫裏で殺されている者たちを見付けた。殺されている者の中には配下の闇同心もおり、無惨に止めを刺されていた。

月光尼たち忍びか、沼津藩の影目付の仕業なのだ。

さあて、どちらだ……。

関野は見定めようとした。

「お頭……」

配下の闇同心が入って来た。

「いたか、伊原甚内は……」

「いいえ。それが何処にもおりません」

「いない……」

「はい……」

「そうか……」

伊原甚内は、何の報せも寄越さず、何処で何をしているのだ。

関野は、微かな怒りを覚えた。


愛宕下大名小路は、日暮れと共に常夜燈が灯された。

京之介は、佐助と共に汐崎藩江戸上屋敷を出て沼津藩江戸上屋敷に向かった。

沼津藩江戸上屋敷は増上寺裏の切通しにあり、大名小路にある汐崎藩江戸上屋敷とは遠くはない。

出羽忍びの月光尼は、果たして土方縫殿助と手を組むのか……。

土方と手を組めば、雇い主である一橋家隠居の治済を裏切る事になる。

所詮、忍びは金で動く……。

高い金を払う方に付くのは当然であり、何の不思議もない。

京之介は、月光尼と隻竜たちの動きを知りたかった。


時の鐘が亥《い》の刻四つ（午後十時）を報せた。

沼津藩江戸上屋敷は、夜の静かな闇に覆われていた。

京之介と佐助は、沼津藩江戸上屋敷の正面の寺の暗がりに潜んでいた。

切通しの闇が微かに揺れた。

京之介と佐助は、素早く己の気配を消した。

微かに揺れた闇から忍びの者が現われ、沼津藩江戸上屋敷の長屋塀の屋根に跳び、敷地内に消えていった。

出羽忍びの隻竜……。

京之介は睨んだ。

佐助は、周囲の闇を見廻した。

揺れる闇はない……。

佐助は、不安げに眉をひそめた。

「どうした……」

京之介は、佐助の様子に気付いた。

「は、はい。隻竜を見張っている楓が来ないので……」

佐助は、楓を心配していた。

「楓の事だ。心配あるまい。それより、沼津藩江戸上屋敷の周りの寺と屋敷の屋根だ」

京之介は、沼津藩江戸上屋敷の隣の寺や武家屋敷の屋根の上を示した。

黒い人影が蠢《うごめ》いていた。

「京之介さま……」

「おそらく隻竜の配下だ。土方の出方によっては攻め込むか……」

京之介は苦笑した。

勝手知ったる沼津藩江戸上屋敷……。

楓は、今迄に何度か忍んだ事のある沼津藩江戸上屋敷の縁の下を進んだ。それは、隻竜が天井裏から土方縫殿助の用部屋を訪れると睨んだからだ。

楓は、表御殿の間取りを思い出しながら土方の用部屋の縁の下に忍んだ。

頭上の用部屋に土方縫殿助がおり、次の間には影目付の伊原甚内の気配がした。

隻竜は間もなく現われる……。

楓は、隻竜を愛宕下大名小路まで尾行た。そして、隻竜が沼津藩江戸上屋敷に行くと見定めて先廻りした。

用部屋にいる土方の気配が揺れた。

隻竜が来た……。

楓は、己の気配を消した。


燭台の火が揺れた。

忍びの者は、天井裏から用部屋の暗い隅に降りた。

「隻竜か……」

土方縫殿助は、天井裏から降りて来た忍びの者を見据えた。

「如何にも。土方縫殿助どのですな」

隻竜は、暗い隅から進み出て片眼を鋭く光らせた。

「左様……」

土方は頷いた。

「影目付の伊原甚内に聞いたが、幾らで手を組もうと云うのだ」

隻竜は、片眼で厳しく土方を見据えた。

「月光尼は幾らだと……」

「尼御前さまは、訊いて参れと……」

「千両では如何だ」

「千両、他には……」

「他……」

土方は戸惑った。

「左様。千両の他にだ」

「ない……」

「ならば、話にならぬ」

隻竜は腰を浮かした。

「一橋の御隠居さまは、他に何を……」

土方は、狡猾さを滲ませた。

「さあて、そいつは申せぬ」

隻竜は苦笑した。

「ならば、二千両では如何かな……」

土方は、隻竜に探る眼差しを向けた。

「それより土方どの、天井裏には巧妙に消されているが、何者かが潜んだ古い跡がある」

隻竜は、かつて楓が忍んだ痕跡に気が付いていた。

「何……」

土方は眉をひそめた。

「護りを疎《おろそ》かにするのは、事が洩れている証。そのような虚《うつ》け者《もの》とは手は組めぬ」

隻竜は、土方に蔑みの一瞥を与え、障子を開けて庭に出た。

影目付たちが現われ、庭に出た隻竜を取り囲んで身構えた。

隻竜は、冷笑を過ぎらせた。

「隻竜、土方さまのお誘い。もう一度、良く考えてみたらどうだ」

伊原甚内が、用部屋にいる土方を護るように現われた。

「伊原、下手な真似はするなと云った筈だ」

隻竜は右手を挙げた。

次の瞬間、夜空に小さな火が浮かび、大きくなりながら用部屋に近付いた。

火矢が炎を鳴らして飛来し、用部屋の壁に突き刺さった。

土方と甚内は驚き、影目付たちは狼狽えた。

火矢は次々と飛来した。


隻竜配下の忍びの者たちは、寺の大屋根から隣の沼津藩江戸上屋敷に次々と火矢を射込んだ。

「京之介さま……」

「火矢の先には、土方の用部屋がある筈だ」

京之介は読んだ。

「じゃあ、隻竜たちは沼津藩江戸上屋敷を焼き尽くすつもりなのですか……」

「それはあるまい。只の脅しだ」

京之介は笑った。

火矢は炎を曳《ひ》いて飛んだ。


火矢は飛来し続けた。

「消せ。甚内、早々に火を消せ……」

土方縫殿助は焦った。

隻竜より火事の始末だ。

沼津藩江戸上屋敷から火事を出したとなると、如何に主の水野出羽守忠成が老中であっても只では済まない。寧《むし》ろ公儀のお咎めは厳しくなる。

甚内たち影目付は、燃え始めた用部屋の火を懸命に消した。

隻竜は、燃える火を消す騒ぎに紛れて既に消えていた。

「おのれ……」

甚内は、隻竜に怒りを覚えた。

火矢を射っていた忍びの者たちは、寺の大屋根から素早く消えた。

沼津藩江戸上屋敷を出た隻竜は、切通しを大名小路に走り去った。

「どうします」

佐助は焦った。

「楓だ……」

京之介は、隻竜を追って行く忍び姿の楓を示した。

「行き先、谷中の花月楼ですかね」

佐助は読んだ。

「いいや。隻竜は花月楼を既に引き払っているだろう」

谷中いろは茶屋『花月楼』は、沼津藩影目付の伊原甚内に知られた。

知られた限り、『花月楼』は忍び宿の役目は終わったのだ。

隻竜は、花月楼を閉めた……。

京之介は睨んだ。

「じゃあ、何処に行くんですかね」

佐助は眉をひそめた。

「今度こそ月光尼の処だろう」

京之介は読んだ。

「無事に突き止められますかね」

佐助は、楓を心配した。

「うむ。何れにしろ、今迄の隻竜の動きをみると、月光尼は谷中の何処かにいる筈だ」

「じゃあ、私も谷中に行ってみます」

佐助は、心配と焦りを交錯させた。

「よし。私も行こう……」

京之介と佐助は、夜の町を谷中に向かった。


隻竜は、土方縫殿助の誘いを断り、脅しを掛けて沼津藩江戸上屋敷を脱出した。

それは、月光尼の指図なのか……。

月光尼は、土方の誘いを一橋家隠居の治済に報せるか……。

もし、報せを受けたとしたら、影の大御所と称される隠居の治済はどう出るか……。

そして、土方縫殿助は大人しく尻尾を巻くのか、それとも逆襲に出るのか……。

京之介は、想いを巡らせながら寝静まった町を谷中に急いだ。

夜廻りの打つ拍子木の音が、夜空に甲高く響き渡った。

第四章　将軍呪詛《じゅそ》

一

日本橋から神田八ッ小路、そして下谷から谷中に進む。
隻竜は、夜の町を急いだ。
楓は、連なる家並みの暗がり伝いに追った。
隻竜は、下谷広小路から不忍池の畔に向かった。
行き先は、谷中の花月楼か……。
楓は追った。

不忍池には月影が揺れていた。
楓は、隻竜を追って不忍池の畔を進んだ。
闇が揺れ、風が鳴った。
楓は木立に身を潜めた。
「臨兵闘者皆陣烈在前……」
九字の呪文が不気味に響いた。
出羽忍び……。
追跡は見破られていた。
楓は、囲まれるのを嫌い、潜む場所を変えようとした。
刹那、棒手裏剣が唸りをあげて飛来した。
楓は、素早く木立の陰に戻った。
棒手裏剣は木立に突き立った。
楓は、周囲の闇を窺った。
「女、何処の忍びだ」
闇から隻竜の声がした。

楓は、隻竜の姿を闇の奥に捜した。

「水戸藩の闇同心か、それとも沼津藩の影目付か……」

楓は黙り通した。

忍びの者が闇を揺らして現われ、忍び刀を翳《かざ》して楓に殺到した。

楓は、十字手裏剣を放ちながら木陰を出て走った。

忍びの者の一人が、十字手裏剣を受けて倒れた。

楓は、不忍池を背にした物陰に飛び込んだ。

これで背後から襲われる恐れはない……。

楓は、正面の闇を見据えた。

「裏柳生のくノ一か……」

隻竜は、配下の忍びを倒した十字手裏剣を柳生流のものだとみて、楓を裏柳生の忍びの者と睨んだ。

楓は苦笑した。

かつては裏柳生の忍びでも、今は裏切者の抜け忍だ。

「ならば、容赦は無用……」

隻竜は嘲りを滲ませた。

配下の忍びの者たちが、闇の奥から棒手裏剣を放った。

楓は、素早く物陰に隠れた。

棒手裏剣は唸りをあげて飛来し、楓が隠れた物陰に次々に突き刺さった。

楓は、物陰から顔を出した。

忍びの者たちが眼の前に来ており、楓に獣のように飛び掛かった。

楓は、咄嗟に仰向けに倒れて躱し、忍び刀を横薙ぎに一閃した。

忍びの者は腹を斬られ、楓の上を飛び越えて不忍池に落ちた。

楓は跳ね起き、続いて襲い掛かる忍びの者を斬り棄てた。そして、そのまま不忍池の畔沿いを逃げた。

忍びの者たちは追った。

闇から現われた隻竜が、嘲りを浮かべて身を翻した。


逃げ切る……。

追跡に失敗した楓が、しなければならないのは逃げ切る事だけなのだ。

楓は、追い縋る忍びの者たちと鋭く斬り結んだ。

一本の棒手裏剣が飛来し、楓の左肩に突き刺さった。

楓は、思わず膝をついた。

忍びの者たちは、忍び刀を翳して膝をついた楓に殺到した。

此迄だ……。

楓は、不忍池に飛び込んだ。

水飛沫があがり、月明かりに煌めいた。

「おのれ、捜せ……」

忍びの者たちは、不忍池に逃げた楓を捜そうとした。

刹那、京之介が現われて霞左文字を閃かせた。

二人の忍びの者が、血を飛ばして仰け反り倒れた。

忍びの者たちは驚き、飛び退いた。

棒手裏剣などを遣う間合いを取らせてはならない……。

京之介は、飛び退いた忍びの者たちに迫り、霞左文字を縦横に振るった。そして、飛来する棒手裏剣には、斬り棄てた忍びの者を盾にした。

棒手裏剣は、盾にした忍びの者の死体に突き刺さった。
忍びの者は狼狽えた。
京之介は、盾にした死体を棄てて忍びの者に襲い掛かり、真っ向から斬り下ろした。
忍びの者は、左霞流を遣う京之介の斬り合いの敵ではなかった。
棒手裏剣を封じられ、接近戦に持ち込まれた忍びの者は次々と斬り棄てられた。

佐助は、不忍池の畔に駆け寄った。そして、池の中に楓を捜した。
楓が、不忍池の底に蹲《うずくま》っているのが見えた。
水面に浮かんで息継ぎをしたり、動けば忍びの者たちに見付けられる。
楓はそれを恐れ、死ぬのを覚悟して池の底に潜んだ。
それが忍びだ……。
楓は、池の底で苦笑しながら意識を失っていった。
「楓……」
佐助は、不忍池に飛び込んで楓を引き摺りあげた。

楓は、棒手裏剣を撃ち込まれた左肩に血を滲ませて気を失っていた。
「しっかりしろ……」
佐助は、楓を岸に引き上げ、急いで水を吐かせた。
楓は、水を吐いて苦しく呻いた。
どうにか大丈夫だ……。
佐助は、楓を背負って走った。

京之介は、忍びの者たちを鋭く斬り立てた。
忍びの者たちは、後退し続けて必死に京之介から逃れようとした。
楓は無事なのか……。
佐助は、楓を見付けられたのか……。
京之介は気になった。
忍びの者たちは、身を翻して闇に逃げた。
楓だ……。
京之介は、追わずに不忍池の畔に駆け戻った。

不忍池の畔に佐助はいなかった。

佐助は、楓を助けて逃げた……。

京之介は安堵した。そして、周囲の闇に殺気を放って身構えた。

殺気に対する反応は一切なく、静けさだけが漂っていた。

隻竜配下の忍びの者はいない……。

京之介は見定め、不忍池の畔から足早に立ち去った。


京之介は、汐崎藩江戸上屋敷に戻った。

燭台に灯された火は瞬いた。

京之介は、瞬く火に照らされた侍長屋の家の中を見廻した。

佐助は、傷を負った楓を何処に連れて行ったのか、戻って来てはいなかった。

佐助は、楓を自宅に連れて行ったのかもしれない。

京之介は、楓の住まいが何処で普段は何をしているのか知らない。知っているのは、佐助だけなのだ。

佐助が付いている限り、心配は要らないだろう……。

京之介は、己に言い聞かせた。

汐崎藩江戸上屋敷は、夜の静けさに覆われていた。


翌日、京之介は藩主家憲と学問を教えに訪れていた麻布真徳山『天慶寺』住職の祥慶に挨拶をした。

祥慶は、家憲の腹違いの兄であり、兄弟仲は良かった。

家憲と祥慶は、京之介と親しく言葉を交わした。

京之介は、真摯《しんし》に学問を学んでいる家憲と祥慶に安堵の微笑みを残し、御側用人兵藤内蔵助の用部屋を訪れた。

「そうか、月光尼たちは土方縫殿助の誘いを蹴ったか……」

御側用人兵藤内蔵助は苦笑した。

「うむ。この後、土方と一橋家の隠居の治済、どうするかだ……」

「狡猾な策士と影の大御所の争いか……」

「うむ……」

一橋治済が〝影の大御所〟と呼ばれる謂われは、実子である家斉が十一代将軍の座に就いた時、大御所にしようとしたからであった。

「それにしても、九字兼定に将軍家呪詛の文字を刻み足し、御三家水戸に陰謀ありとするとはな。して、九字兼定は……」

「おそらく月光尼の許にある筈だ」

「出羽忍びか……」

内蔵助は眉をひそめた。

「うむ。九字兼定、必ず奪い取ってくれる」

京之介は、不敵に云い放った。


侍長屋には佐助が戻っていた。

「楓は無事か……」

京之介は尋ねた。

「はい。棒手裏剣を受けた左肩の傷は深手ですが、命に拘わるものではありません。ですが、不忍池の底に潜んだ時の痛手が身体に残っていまして……」

佐助は、眉をひそめて告げた。

「そうか。ならば、しっかりと養生をするのだな」

「はい。そう云ってあります。それから京之介さま、感応寺門前の茶店の娘を調べてみた方が良いと……」

「感応寺門前の茶店娘……」

京之介は眉をひそめた。

「ええ……」

「楓がそう云っているのか……」

「はい。何故か気になるそうです」

佐助は、厳しい面持ちで頷いた。

「そうか……」

京之介は、茶店娘を尾行て根岸の里に行ったのを思い出した。

何れにしろ谷中から根岸だ……。

京之介は、月光尼と隻竜の潜んでいる処を読んだ。

谷中いろは茶屋の女郎屋『花月楼』は、大戸や籬の雨戸を閉めていた。

女郎屋『花月楼』は店仕舞いをした……。

潰れたのか……。

周囲の人々は、戸惑いを浮かべて囁き合った。

京之介の睨み通りだった。

月光尼と隻竜は、沼津藩影目付伊原甚内に知られた時、忍び宿としての『花月楼』を引き払う事にしたのだ。

京之介は、塗笠をあげて女郎屋『花月楼』を見詰めた。

女郎屋『花月楼』の籬の雨戸の隙間に何かが過ぎった。

雨戸の閉められた籬の奥は、女郎たちが客を待つ張見世であり、忍びの者が訪れる者を見張っている。

女郎屋『花月楼』は店仕舞いをしても、何人かの月光尼と隻竜配下の忍び者たちが残っているのだ。

京之介は見定めた。

感応寺門前の茶店は、参拝客やいろは茶屋に来た者たちで賑わっていた。

茶店娘のおさきは、客の応対に忙しく働いていた。

京之介は見守った。

隻竜は、茶店娘のおさきと親しく言葉を交わしていた。

おそらく、楓もそうした二人を見て不審を抱いたのだ。

おさきと隻竜は、茶店娘と客以上の拘わりがあるのか……。

根岸の里の仕舞屋……。

京之介は、おさきが祖母らしき老婆と暮らしている仕舞屋に向かった。


石神井用水の流れは煌めいていた。

京之介は、石神井用水沿いの小径を根岸の里に向かった。

おさきと祖母が住む仕舞屋は、石神井用水を間にした時雨の岡の向かい側にある。

時雨の岡には、不動尊の草堂と御行《おぎよう》の松《まつ》があり、駆け廻る幼子の楽しげな笑い声が響いていた。

京之介は、石神井用水の傍の仕舞屋を窺った。

仕舞屋は生垣で囲まれており、縁側ではおさきの祖母と思われる老婆が棒台《ぼうだい》を出して飾り結びを造っていた。

飾り結びは、几帳《きちょう》、御簾《みす》、厨子《ずし》、硯箱《すずり》、手箱、経典《きようてん》、茶道具、羽織紐《はおりひも》、被布《ひふ》飾りなどに使われる物だった。

老婆は、飾り結び造りに励んでいる。

他の者はいないのか……。

京之介は仕舞屋を窺い、横の戸口の前を通って裏手に廻った。


仕舞屋の裏には数軒の家があり、その背後には百姓家の点在する田畑が広がり、隅田川に続いている。

仕舞屋の裏手にも人の気配はない。

おさきは茶店で働いており、祖母と思われる老婆は縁側で飾り結びを造っている。

不審は感じられない……。

京之介は、仕舞屋の裏手から石神井用水沿いの小径に戻った。

水鶏の鳴き声が響いた。

京之介は、石神井用水沿いの小径から感応寺東側の芋坂に戻った。
芋坂は感応寺と雑木林の間にあって薄暗く、緩やかに曲がっていた。
京之介は、塗笠を目深に被って薄暗い芋坂をあがった。
薄暗い芋坂の上に雲水の一団が現われ、声を揃えて経を読みながら降りて来た。
京之介は芋坂をあがった。
声を揃えて読まれる経は、芋坂を降りて次第に近付いて来た。
「臨兵闘者皆陣烈在前……」
京之介は、声を揃えて読まれている経が九字の呪文に変わったのに気付いた。
出羽忍び……。
京之介は立ち止まった。
雲水たちは一斉に芋坂を駆け降り、京之介を取り囲んで錫杖の仕込刀を抜いた。
「隻竜の配下か……」
京之介は塗笠を取った。
刹那、雑木林の木々の上から棒手裏剣が飛来した。

京之介は、塗笠を振るって棒手裏剣を叩き落とした。

頭上からの棒手裏剣は、相手の懐に飛び込んで躱せない。

棒手裏剣を使わせない為には、雲水との乱戦に持ち込むか、雑木林の中に逃げ込むかしかない。

京之介は、横手の雲水に向かって走った。

雲水は、京之介に仕込刀で斬り付けた。

京之介は、霞左文字を片手で抜き打ち、雑木林に走り抜けた。

雲水は、脇腹を斬られて崩れた。


京之介は雑木林に走り込み、振り向き態に追い縋った雲水を斬り棄てた。

雲水は、仕込刀を握り締めて倒れた。

京之介は、斬り棄てた雲水の仕込刀を取り、木の上から棒手裏剣を投げている忍びの者に投げた。

仕込刀は、木の上の忍びの者の胸を貫いた。

忍びの者は、木の枝を折りながら落下した。

頭上から投げられる棒手裏剣の脅威は取り除いた。

京之介は、雲水たちを見廻し、冷笑を浮かべて霞左文字を構えた。

指笛が甲高く鳴り響いた。

雲水たちは、一斉に雑木林から退いた。

京之介は、霞左文字の構えを崩さず、雑木林に満ちていた殺気を窺った。

殺気は、潮が退くように消え去った。

隻竜たち出羽忍びは、谷中一帯に結界を張っているのだ。

やはり、月光尼は谷中にいる……。

京之介は、霞左文字に拭いを掛けた。

雑木林に小鳥の囀りが響いた。


愛宕下大名小路は夕陽に照らされた。

京之介は、幸橋御門前を抜けて汐崎藩江戸上屋敷に戻ろうとした。

「左どの……」

深編笠の武士が現われた。

京之介は、油断なく深編笠の武士を見据えた。

武士は、深編笠を取った。

「水戸藩の関野十蔵です」

関野は、疲れた顔を見せた。

水戸藩闇同心頭の関野十蔵だった。

「如何された」

「九字兼定の件で秘かに動かれていると、神尾さまに伺いましてな」

関野は、度重なる失態に江戸家老岡田采女正に厳しく叱責され、御刀番の神尾兵部に泣き付いたのだ。

京之介は読んだ。

「して……」

「九字兼定、未だ月光尼たち出羽忍びの手にあるのか、お教え願いたい」

関野は頭を下げた。

所詮、関野十蔵に闇同心頭は荷が重いのかもしれない……。

京之介は眉をひそめた。

「九字兼定、沼津藩の土方縫殿助が配下の影目付、伊原甚内に命じて何とか奪い盗ろうとしているが、未だ月光尼の手許にある筈だ」

京之介は教えた。

「影目付の伊原甚内ですと……」

関野は、顔色を一変させた。

「左様、御存知か……」

「はい。伊原甚内、拙者の配下の闇同心として働いていましたが、今は行方知れずに……」

関野は、頬を引き攣らせた。

「ならば、水戸藩に潜む内通者は、伊原甚内だったか……」

京之介は睨んだ。

「おのれ、甚内……」

関野は、怒りと悔しさを露わにした。

「関野どの、沼津藩影目付は浜町河岸の中屋敷にいる筈だ」

京之介は教えた。

関野十蔵に闇同心頭は荷が重いが、使い道はある……。

京之介は、冷徹に見定めた。

二

浜町堀に櫓の軋みが響いた。

関野十蔵は、浜町堀に架かっている組合橋《くみあい》の袂から沼津藩江戸中屋敷を見据えた。

沼津藩江戸中屋敷は、表門を閉めて夜の闇に沈んでいた。

度重なる失態のすべては、伊原甚内の所為なのだ……。

関野は、己の至らなさを伊原甚内の所為にして憎悪を燃やした。

闇同心の頭を御役御免になった関野十蔵は、たった一人で沼津藩江戸中屋敷に斬り込んで伊原甚内を斃すつもりなのか……。

京之介は、関野を見守った。

関野は、組合橋の袂から沼津藩江戸中屋敷に向かった。

京之介は、暗がりを出て組合橋を渡った。

関野は、沼津藩江戸中屋敷の表門脇の潜り戸を叩いた。

「どちらさまにございますか……」

覗き窓が開き、中間が提灯を翳した。

「上屋敷の者だが、土方さまの急ぎの使いで参った。早く開けろ」

関野は、土方縫殿助配下を装って居丈高《いたけだか》に命じた。

「は、はい……」

中間は潜り戸を開けた。

関野は、沼津藩江戸中屋敷に入った。


「伊原甚内は何処にいる」

関野十蔵は、厳しい面持ちで尋ねた。

「は、はい。伊原さまは、こちらに……」

中間は、関野の厳しさに急き立てられて中屋敷内の侍長屋に向かった。

関野は続いた。

京之介は、開け放たれた潜り戸から中屋敷に入った。そして、提灯を持って侍長屋に進む中間と関野を追った。


侍長屋の端の家には、小さな明かりが灯されていた。

「こちらにございます」

中間は、小さな明かりの灯っている端の家を示した。

「うむ。伊原を呼んでくれ」

関野は命じた。

「は、はい。伊原さま……」

中間は、腰高障子を叩いて声を掛けた。

「何だ……」

端の家から男の声がした。

伊原甚内の声に間違いない……。

関野は、端の家にいる男が伊原甚内だと見定め、刀の鯉口《こいぐち》を切った。

「上屋敷の土方さまのお使いの方がお見えにございます」

「何……」

甚内は、腰高障子を開けて顔を見せた。

刹那、関野は中間を突き飛ばし、甚内の腹に刀を突き刺した。

「せ、関野……」

甚内は、驚愕《きょうがく》に眼を見開いた。

「伊原甚内、よくも誑《たぶら》かしたな」

関野は憎悪に顔を醜く歪め、甚内の腹から刀を抜いて二の太刀を放った。

甚内は、袈裟懸けに斬られて仰け反った。

中間が悲鳴をあげた。

関野は、血塗れになって倒れた甚内に止めを刺し、表門に逃げようとした。

家来たちが、刀を手にして侍長屋の家々から飛び出し、関野を取り囲んだ。

「退け……」

関野は、血に濡れた刀を振り翳した。

「伊原さまが、伊原さまが斬られました」

中間が声を嗄らして叫んだ。
「おのれ……」
家来たちは、関野に猛然と襲い掛かった。
関野は斬り結んだ。
家来たちは、関野に次々と斬り掛かった。
関野は斬り立てられ、追い詰められた。
家来の一人が、関野の背後から斬り付けた。
関野は、背中を袈裟懸けに斬られて大きく仰け反った。
他の家来たちが殺到し、仰け反った関野に斬り掛かった。
多くの刀が煌めいた。
関野十蔵は、処構わず斬られ、突き刺されて断末魔の絶叫をあげて崩れ落ちた。
家来たちは眼を血走らせ、斃れた関野に尚も刀を叩き付けた。
水戸藩闇同心関野十蔵は、沼津藩影目付の伊原甚内を斃して斬り死にをした。
京之介は見定め、表門に走った。

関野十蔵と伊原甚内が殺し合って斃れ、土方縫殿助と岡田采女正の力は確実に落ちた筈だ。

企ては上首尾に終わった。

関野十蔵は、京之介の狙い通りに動いてくれた。

京之介は、冷笑を浮かべた。

今後、土方縫殿助はどう出るか……。

京之介は読んだ。

何れにしろ、汐崎藩と家憲の為にならぬものは、手立てを選ばずに始末するだけだ。

京之介は、冷徹さを夜の闇に隠して汐崎藩江戸上屋敷に急いだ。

夜の闇は、切り裂かれて渦を巻いた。


楓の身体は回復した。

「そうか、良かった……」

京之介は、佐助に報されて安堵の笑みを浮かべた。

「はい。で、次は何をしたら良いのかと……」

佐助は、己の事のように喜んでいた。

「左さま……」

裏門の中間がやって来て、神尾兵部の使いの者が来たのを報せた。

「神尾どのの使いの者。佐助……」

「はい……」

佐助は、裏門に行って神尾家の老下男の友造を侍長屋に伴って来た。

「左さま……」

老下男の友造は、京之介に深々と頭を下げて挨拶をした。

「おお、友造ではないか、どうした……」

「はい。旦那さまがお出で願えぬかと申しておりまして……」

「神尾どのが……」

「はい……」

友造は、心配そうに眉をひそめて頷いた。

水戸藩に何かが起こった……。

京之介の勘が囁いた。

「分かった。参ろう」

「忝《かたじけの》うございます」

友造は、嬉しげに頭を下げた。

「佐助、聞いての通りだ。小石川の水戸藩上屋敷に参る」

「心得ました」

佐助は頷いた。

京之介は、老下男の友造と共に小石川の水戸藩江戸上屋敷に向かった。


神尾兵部は、急に呼んだ事と左脚を投げ出して座っているのを京之介に詫びた。

「いや、詫びるには及びません。して、御用とは……」

京之介は尋ねた。

「御三卿一橋家の隠居治済さまが、岡田采女正さまに逢いたいと申し入れて来た」

神尾は、京之介を見詰めた。

「影の大御所、漸く出て来ましたか……」

京之介は苦笑した。

「左様。水戸家の命運に拘わる物を手に入れたので、是非ともお見せしたいとな……」

神尾は眉をひそめた。

「将軍家呪詛の文字を刻み足した九字兼定ですか……」

京之介は読んだ。

「おそらく……」

神尾は頷いた。

「そして、将軍家や公儀に持ち込まれたくなければ云う通りにしろですか……」

京之介は、隠居の治済の企てに嘲りを浮かべた。

「卑怯な真似を……」

神尾は、怒りを過ぎらせた。

「して神尾どの、岡田さまと隠居の治済はいつ何処で逢うのですか……」

「明日の午《うま》の刻九つ（正午）、寛永寺は御本坊の西の奥にある明蓮院《みようれんいん》……」

「御本坊奥の明蓮院……」

御本坊とは、寛永寺の住職、山主が居住した処であり、明蓮院は寛永寺宿坊の一つだ。

京之介は、寛永寺の御本坊の西に連なる宿坊を思い浮かべた。

明蓮院は、その宿坊の中にあるのだ。

「左様……」

「明日、その明蓮院で午の刻九つですか……」

「左様。岡田さまは私に供をするように仰ったのだが、隠居の治済さまの身辺には月光尼たち出羽忍びが潜んでいる筈。万一の時、此の脚では足手纏い」

神尾は、無念さを滲ませた。

「闇同心はどうしました」

「それが、頭の関野十蔵は度重なる失態で御役御免になって姿を消し、今は率いる者がおらぬのだ」

神尾たち水戸藩は、関野十蔵が沼津藩影目付の伊原甚内と刺し違えて斃れたのを未だ知らない。

「そうですか……」

京之介は惚《とぼ》けた。

「そこでだ、左どの。おぬしが私に代わる御刀番の目利きとして、岡田さまのお供をしてはくれぬか……」

「私が……」

京之介は驚いた。

「うむ。そして、闇同心を秘かに率いて貰いたい」

神尾は告げた。

「しかし、神尾どの、私は……」

京之介は、神尾の大胆さに戸惑った。

「左どの、おぬしが堀田家憲さまに忠義を尽くしているのは篤と承知している。だが、もしも水戸藩が影の大御所治済の意の儘になる事になれば、災いは汐崎藩にも及ぶ……」

神尾は読み、京之介を見据えた。

「うむ……」

神尾の睨みは、間違ってはいない……。

京之介は、思わず唸った。

「左どの、此の事は岡田さまも御存知だ」

「岡田さまも……」

「如何にも。頼む、この通りだ。やっていただけぬか……」

神尾は、京之介に頭を下げた。

「引き受けましょう。しかし、神尾どのがたの願い通りに、事は運ばぬかもしれぬぞ」

「左どの、私は水戸藩が一橋家の隠居治済の軍門に下らず、意の儘にならぬ事を願うだけだ」

神尾は、厳しい面持ちで告げた。

「良く分かりました。影の大御所一橋家の隠居治済、相手に取って不足はない……」

京之介は、不敵に云い放った。

夜、汐崎藩江戸上屋敷の侍長屋の家に楓が秘かに訪れた。

「やあ。夜遅く済まぬ。身体はもう大丈夫か」

「はい。御心配をお掛けしまして申し訳ありませんでした。で、明日だとか……」

楓は、繋ぎを取った佐助から大体の事を聞いていた。

「左様。明日の午の刻九つ、寛永寺宿坊の一つの明蓮院で、岡田采女正の供として影の大御所と称される一橋家の隠居治済と逢う」

京之介は告げた。

「うん……」

楓は頷いた。

「おそらく治済は、将軍家呪詛の文字を刻んだ九字兼定を持参し、水戸藩に脅しを掛けてくる筈だ」

「弱味を作って脅すか。汚い真似を……」

楓は吐き棄てた。

「で、京之介さま、手前共は何を……」

佐助は、身を乗り出した。

「うむ。それなのだが、治済には月光尼たち出羽忍びが付いてくる筈だ。佐助と楓には、月光尼たち出羽忍びを出し抜いて貰う……」

「月光尼たち出羽忍びを出し抜く……」

佐助と楓は眉をひそめた。

「左様……」

京之介は、不敵な笑みを浮かべた。

東叡山《とうえいざん》寛永寺は、寛永《かんえい》二年に天海《てんかい》僧正によって開山され、歴代住持《じゅうじ》は法親王《ほっしんのう》で輪王寺門跡《りんのうじもんぜき》を称していた。

賑わう下谷広小路を抜け、寛永寺御本坊の北西の奥に進むと深遠な静寂が漂い、宿坊が連なっている。

明蓮院は、連なる宿坊の一つだ。

午の刻九つ。

水戸藩江戸家老岡田采女正の乗った留守居駕籠は、不忍池の東側の畔を進んで清《し》
水門《みず》から宿坊の連なりに入った。

京之介は、駕籠脇に付いて進んだ。

護國院《ごこくいん》、養壽院《ようじゆいん》、松林院《しょうりんいん》、東圓院《とうえんいん》……。
京之介は、連なる宿坊に月光尼と隻竜配下の忍びの者の気配を探った。
忍びの者が潜んでいる気配は窺えない。だが、潜んでいない筈はないのだ。
京之介は、辺りに気を配りながら進んだ。
岡田采女正の一行は、突き当たりの大慈院《だいじいん》の前を曲がった。
明蓮院はその先にあった。
岡田采女正の乗った留守居駕籠は、明蓮院の僧侶たちに迎えられて停まった。
岡田采女正は駕籠を降りた。
明蓮院の背後には、雑木林に囲まれた御霊屋《みたまや》があり、冷ややかさに満ち溢れていた。
京之介は、満ち溢れている冷ややかさの中に、忍びの者の気配を感じた。
月光尼配下の忍びの者は、既に明蓮院を取り囲み、万一に備えている。
睨み通りだ……。
京之介は、水戸藩闇同心たちが企て通りに動いているのを願った。

岡田采女正は、僧侶に誘われて明蓮院の奥座敷に向かった。

京之介は続いた。


庭に面した奥座敷には、小さな白髪髷を結った肥った老人が座り、石塚主水たち御側役が控えていた。

影の大御所、一橋家隠居の治済……。

京之介は見定めた。

岡田と治済は、挨拶を交わした。

「して、それなる者は……」

治済は、岡田の背後に控えている京之介を細い眼で一瞥した。

「はい。これなる者は、脚に怪我をした当家御刀番神尾兵部の縁者、兵庫《ひょうご》……」

岡田は、京之介を兵庫という偽名で引き合わせた。

「神尾兵部が縁者、兵庫にございます」

京之介は、治済に深々と頭を下げた。

「そうか、神尾の縁者か。ならば、刀の目利きも致すのか……」

「はっ。未熟にはございますが、少々……」

「そうか……」

治済は、肉の重なった顎で頷いた。

「して、御隠居さま……」

「急《せ》くな、岡田……」

治済は、岡田采女正に肉付きの良い頬を引き攣らせて笑い掛けた。

細い眼は針のように光った。

「はい……」

岡田は、治済を見返した。

「水戸藩は名刀九字兼定を所蔵していると聞き及ぶが、間違いあるまいな」

「如何にも、間違いございませぬ」

「ならば、何処にある」

「水戸の御刀蔵に……」

岡田は、治済を懸命に見据えた。

「それは面妖な……」

治済は、細い眼に嘲りを滲ませて頰の肉を揺らした。

「御隠居さま……」

「岡田。我が手許に面白い刀が手に入った」

治済は、肉付きの良い指で鈴を摘んで鳴らした。

若い尼僧が、次の間から白鞘の刀を捧げ持って入って来た。

月光尼……。

京之介は、若い尼僧が月光尼だと見定めた。そして、月光尼は感応寺門前の茶店の茶店娘のおさきだったのだ。

京之介は苦笑した。

月光尼は、苦笑した京之介を静かに一瞥し、白鞘の刀を治済の前に置いた。

九字兼定か……。

岡田と京之介は、白鞘の刀を見詰めた。

白鞘とは、朴《ほお》の木《き》で作られた白木の鞘で刀身を保護・管理する為の物であり、〝油鞘《あぶらさや》〟とも〝休鞘《やすめざや》〟とも称された。

「これなる刀、面妖な事に岡田が水戸の御刀蔵にあると申す九字兼定なのだ」

治済は、肉付きの良い頬を引き攣らせた。

「ほう。それはまことに面妖な。御隠居さま、まことに申し上げにくいのですが、九字兼定の贋物をお手に入れられたのでは……」

岡田は、白鞘の刀に疑いの眼を向けた。

「贋物だと申すか……」

「左様にございます」

岡田は苦笑した。

「ならば岡田、此の刀、目利きするが良い」

治済は、細い眼に酷薄さを過ぎらせた。

「承りました。兵庫、九字兼定と申す刀、目利き致すがよい」

「はっ……」

京之介は進み出て、白鞘の刀を両手で捧げ取った。

「拝見致します」

京之介は、刃を上にして鞘を持ち、棟を滑らせるようにして刀身を抜いた。

刀身は光り輝いた。

岡田は、微かな吐息を洩らした。

京之介は、刀を読んだ。

刃長は二尺三寸強、鎬造、庵棟、先反りは五分、鍛えは柾目《まさめ》、刃文は湾れた互の目……。

九字兼定か……。

「どうだ……」

治済は、薄笑いを浮かべた。

「美濃は関の孫六の流れを汲む兼定……」

京之介は読み、目釘を外して柄を取り、茎《なかご》に彫られている銘を見た。

『和泉守藤原兼定』の文字が彫られていた。

京之介は、茎を裏に返した。

裏には、『臨兵闘者皆陣烈在前』の九字と上に〝家〟、下に〝斉〟の二文字が新たに刻まれていた。

京之介は眉をひそめた。

茎には、『家臨兵闘者皆陣烈在前斉』の十一文字が刻まれていたのだ。

九つの文字を挟む〝家〟と〝斉〟は、何を意味するのか……。

「岡田さま……」

京之介は、岡田に茎に刻まれた十一文字を見せた。

岡田は、困惑を浮かべた。

「水戸藩御刀蔵にあった九字兼定に相違あるまい……」

治済は、細い眼に酷薄さを滲ませて決め付けた。

「畏れながら御隠居さま。九字兼定は茎に『臨兵闘者皆陣烈在前』の九文字が彫られているのを以て九字兼定と申します。ですが、これなる一刀には九字の他に家と斉の二文字が多く刻まれております。よって水戸藩御刀蔵にある九字兼定ではないと……」

岡田は告げた。

「黙れ、岡田采女正。十一の文字は、水戸家が上様など恐れるに足らぬと、家斉さまの名を護身の九字で断ち割って刻み足し、秘かに呪詛したものであろう」

「な、何と……」

岡田は驚いた。

水戸家は、護身の九字の呪文を以て上様の名である〝家斉〟の二文字を断ち割った。それは、上様家斉に対する呪詛であり、将軍家への謀反の証なのだ。

「岡田、儂《わし》はそれなる九字兼定を上様に御披露致し、御聖断を仰ぐ」

治済は、肉を震わせて言い募った。

「お待ち下され、御隠居さま……」

岡田は焦った。

今のままの九字兼定を将軍家に持ち込まれたら、御三家水戸藩と雖《いえど》も無事には済まない。

「ならば岡田。今後、水戸藩は何事につけても、我ら一橋家の命で動くか……」

治済は、肉に溢れた老顔を醜く歪め、勝ち誇ったような笑みを浮かべた。

「そ、それは……」

岡田は、顔を苦しく歪めた。

治済は本性を露《あら》わにした……。

京之介は、御三家水戸藩を支配下に置こうとする一橋家隠居治済の野望を知った。

「お待ち下さい……」

京之介は、九字兼定を手にして呼び掛けた。

治済と岡田は京之介を見た。

「何だ……」

治済は眉をひそめた。

「この九字兼定、茎に刻まれた文字がどうであれ、贋物にございます」

京之介は、静かに云い放った。

三

九字兼定は贋物……。

京之介は、茎に刻まれている文字がどうであれ、九字兼定そのものが贋物だと目利きしたのだ。

「な、何と申した……」

治済は、京之介を睨み付けた。

「これなる九字兼定、先反り七分の筈が五分、鍛えは板目肌にあらず柾目《まさめ》肌。よって、この九字兼定、岡田さまが仰った通り、真っ赤な贋物。水戸藩収蔵の物ではございませぬ」

京之介は、九字兼定の柄を嵌めて目釘を打ち、白鞘に納めながらそう断じた。

「ま、まことか。贋物に相違ないのか……」

岡田は、思わず顔を輝かせて念を押した。

「はい。御懸念あらば、御三家、御三卿の御威光を以て天下の目利きを集め、仔細に検められるが宜しいかと……」

京之介は、静かに告げた。

「そうか、やはり贋物か。となると……」

岡田は、京之介を見詰めた。

「水戸藩収蔵の九字兼定が本物なのは天下の知る処。それが贋物となれば、茎にどのような文字を刻もうが、水戸藩には一切拘わりなき事かと存じます」

京之介は断じた。

「うむ。御隠居さま、お聞きの通りにございます」

岡田は笑った。

「黙れ、岡田采女正。月光尼……」

治済は、控えていた月光尼を細い眼で睨み付けた。

「御隠居さま、それなる九字兼定、まこと水戸の御刀蔵にあった物に相違ございませぬ」

月光尼は、微かな焦りを過ぎらせた。

「ならば、その方が水戸の御刀蔵を破った出羽忍びだな」

京之介は嘲笑した。

「黙れ……」

月光尼は遮った。

刹那、忍びの者が庭先から現われて京之介と岡田を取り囲んだ。

京之介は、岡田を庇《かば》って身構えた。

「御隠居さま……」

控えていた石塚主水たち御側役が、慌てて肥った隠居の治済を連れ去った。

「よくぞ見抜いたな……」

月光尼は、自嘲の笑みを浮かべた。

「出羽忍びの月光尼か……」

京之介は、月光尼を見据えた。

「おのれ、汐崎藩御刀番左京之介。臨兵闘者皆陣烈在前……」

月光尼は九字を切った。

忍びの者たちが、一斉に京之介と岡田采女正に襲い掛かった。

京之介は、霞左文字を一閃した。

閃光が走り、忍びの者の一人が血を飛ばして倒れた。

忍びの者たちは怯まず、京之介に斬り掛かった。

京之介は、岡田を後ろ手に庇いながら霞左文字を縦横に閃かせた。

忍びの者たちは、手足の筋を刎《は》ね斬られて後退した。

多勢の敵と斬り合う時は、少ない力で相手を動けなくし、武器を取る事が出来なくするのが肝要だ。

京之介は斬った。だが、多勢に無勢は変わらなかった。

京之介と岡田は押された。

庭に怒声があがり、忍びの者たちが怯んだ。

水戸藩闇同心たちが、明蓮院の庭の奥から現われ、忍びの者たちに襲い掛かったのだ。

手筈通りだ……。

京之介は、水戸藩闇同心を明蓮院の裏の御霊屋に潜ませ、斬り合いが始まったら駆け付けろと命じてあった。

闇同心たちは、京之介の命令通りに動いた。

忍びの者は狼狽えた。

闇同心たちは、京之介と岡田の許に来た。

「岡田さまをお護りしろ」

京之介は、闇同心に岡田を任せ、月光尼に向かった。

忍びの者たちが、京之介の行く手を遮るように斬り掛かった。

霞左文字は煌めいた。

忍びの者たちは倒れた。

京之介は、月光尼に迫った。

「月光尼、水戸藩御刀蔵から奪った九字兼定は何処にある」

京之介は、冷笑を浮かべて囁いた。

「おのれ……」

月光尼は眉をひそめた。

「云わねば斬る……」

京之介は、霞左文字を月光尼に突き付けた。

次の瞬間、鎖鎌の分銅が鎖を伸ばして京之介に飛来した。

京之介は、咄嗟に飛び退いて分銅を躱した。

「御前さま……」

隻竜が現われ、月光尼を庇って明蓮院の廊下に走った。

京之介は追った。

奥座敷と庭では、忍びの者と水戸藩闇同心の斬り合いが激しく続いた。


月光尼と隻竜は、廊下から横手の庭に降りて雑木林に駆け込んだ。

京之介は追った。

隻竜は、棒手裏剣を放った。

京之介は、飛来する棒手裏剣を躱し、叩き落としながら追い続けた。
隻竜は、身を隠しもせずに棒手裏剣を投げていた。
京之介は木立に隠れた。
棒手裏剣が唸りをあげて飛来し、京之介の隠れた木の幹に突き刺さった。
京之介は、木の幹に突き刺さった棒手裏剣を取って追った。
隻竜は立ち止まり、追って来る京之介に棒手裏剣を放とうとした。
刹那、京之介は棒手裏剣を投げた。
隻竜は戸惑った。
次の瞬間、腹に鈍い衝撃を感じた。
京之介の投げた棒手裏剣は、隻竜の腹に突き刺さった。
隻竜は、思わず後退して立ち木に縋り、腹に刺さった棒手裏剣を抜いた。
腹から血が滴り落ちた。
「隻竜……」
月光尼は狼狽えた。

「ご、御前さま。お逃げ下さい……」

隻竜は、嗄れ声で月光尼に告げた。

「隻竜……」

月光尼は、声を引き攣らせた。

「早く……」

隻竜は、京之介を迎え撃とうと木陰を出て鎖鎌の分銅を廻した。

京之介は、斬り落とした木の枝を手にして進んだ。

隻竜は怯んだ。

鎖鎌の分銅を放てば、京之介は木の枝で鎖を絡め取って斬り掛かる……。

隻竜は、鎖鎌を封じられた。

京之介は迫った。

隻竜は、覚悟を決めて鎖鎌の分銅を放った。

分銅は鎖を伸ばし、京之介に迫った。

京之介は、木の枝で分銅を絡め取って引いた。

隻竜は鎌を投げた。

鎌は、京之介に飛んだ。
京之介は、咄嗟に飛んで来た鎌を躱した。
着物の胸元が斬り裂かれた。
隻竜は、忍び刀を抜いて京之介に飛び掛かった。
南無阿弥陀仏……。
京之介は、仰向けに倒れながら霞左文字を横薙ぎに一閃した。
隻竜は胸元を横一文字に斬られ、京之介の頭上を飛び越えて転がり落ちた。
京之介は、倒れた隻竜に近付いた。
隻竜の身体から火が噴いた。
京之介は、咄嗟に飛び退いて伏せた。
隻竜の身体は爆発した。
京之介は、爆発が静まるのを待って雑木林に月光尼を捜した。
月光尼は、既に姿を消していた。
根岸の里には、石神井用水のせせらぎが響いていた。

午の刻九つが過ぎた。

佐助と楓は、生垣に囲まれた仕舞屋に忍び込んだ。それは、京之介が月光尼と隻竜たち忍びの者が明蓮院に出張ると睨み、命じた事だった。

留守番をしていた老婆は、くノ一らしく苦無を振るって佐助と楓に抗った。

楓は、老婆を当て落として縛りあげた。

佐助は、仕舞屋の家探しをした。

居間、座敷、納戸、台所、厠、天井裏、縁の下……。

佐助と楓は、仕舞屋の隅々に九字兼定を探した。だが、仕舞屋の何処にも九字兼定はないのだ。

「やはり、明蓮院に持って行ったんじゃないのか……」

楓は眉をひそめた。

「いや。京之介さまの睨みじゃ、月光尼は護身の秘呪九字の呪文を唱える者、九字を彫った兼定は守り刀。もし、細工をするなら贋物にする筈だとな……」

「そして、本物の九字兼定は己の身近、此の家に隠してあるか……」

楓は、居間の中を見廻した。

「ああ……」

佐助は頷き、座敷に入って大きな仏壇を見詰めた。

大きな仏壇は、壁に嵌め込むようになっている。

京之介は、三田中寺丁《みたなかでらちょう》の聖林寺《しょうりんじ》の祭壇に妖刀蓮華村正《れんげむらまさ》を隠している。

佐助は思い出した。

「ひょっとしたら……」

佐助は、大きな仏壇を引き出した。

大きな仏壇は、容易に引き出された。

佐助は、大きな仏壇の嵌め込まれていた跡を覗き込んだ。

桐の刀箱があった。

「漸く見付けたな」

楓は苦笑した。

「うん……」

佐助は、桐の刀箱を開けた。

桐の刀箱には、金襴の刀袋に入った刀があった。

「九字兼定か……」

楓は、刀を見詰めた。

「きっとな……」

佐助は、金襴の刀袋から白鞘の刀を取り出した。そして、刃を上にして刀を抜いた。

刀の扱い方は、京之介の父親の左嘉門《かもん》に子供の頃から仕込まれている。

佐助は、柄の目釘を手際良く抜き、茎を検めた。

茎には『和泉守藤原兼定』と彫られ、裏には『臨兵闘者皆陣烈在前』の九字が刻まれていた。

「臨兵闘者皆陣烈在前……」

楓は、刻まれている九字を読んだ。

「うん。九字兼定だ……」

佐助は見定めた。

夕暮れ。

汐崎藩江戸上屋敷の侍長屋には、武者窓から夕陽が差し込んでいた。

京之介は、汐崎藩江戸上屋敷に戻った。

佐助は、既に侍長屋に帰っていた。

「上首尾に終わったようですね」

佐助は、京之介に笑い掛けた。

「うむ。して、佐助の方は如何致した」

「京之介さまの睨み通り、忍びの者たちは出張っており、留守番の年寄り女が一人でした。それで、縛りあげて家探しをし……」

佐助は、京之介に仕舞屋の仏壇の背後から見付けた白鞘の刀を差し出した。

「あったか……」

「はい。仏壇の後ろに……」

佐助は告げた。

「仏壇の後ろ……」

京之介は、仏壇に手を合わせているおさきと老婆を思い出した。

「そうか。して、楓は……」

「家に帰りましたが、御用があれば直ぐに呼びますが……」

佐助は眉をひそめた。

「いや。無事なら良い……」

京之介は、病み上がりの楓を心配していた。

「それはもう……」

佐助は、京之介が楓を心配しているのに気付き、微笑んだ。

「ならば……」

京之介は、白鞘の刀を静かに抜いた。

刀は、差し込む夕陽を浴びた。

京之介は、刀を見詰めた。

夕陽を浴びた刀は、妖しい輝きを静かに放った。

四

水戸藩江戸上屋敷は、秘かに警戒を厳しくしていた。

京之介は、刀袋に入れた刀を持参して岡田采女正を訪れた。

「おお、左……」

岡田采女正は、左脚を引き摺る神尾兵部を従えて書院に入って来た。

「礼を申すぞ」

岡田采女正は、京之介に頭を下げた。

「まこと良くやってくれた」

神尾が、続いて礼を述べた。

「礼には及びませぬ……」

京之介は微笑んだ。

あの後、岡田采女正は闇同心たちに護られて明蓮院から無事に帰って来た。

「して岡田さま。細工をした贋の九字兼定は如何致されました」

京之介は尋ねた。

「うむ。たとえ贋物でも、水戸藩に禍を及ぼす細工の施された九字兼定。放って置いては禍根を残す。よって持ち帰り、急ぎ鋳潰《いつぶ》すように命じた」

岡田は、厳しい面持ちで告げた。

神尾は頷いた。

「それは重畳……」

京之介は、笑みを浮かべて頷いた。

流石は、御三家水戸藩江戸家老の岡田采女正だ……。

京之介は、岡田の慎重さと油断のなさに秘かに感心した。

「だが、左どの。心配なのは我が藩の御刀蔵から奪われた九字兼定がどうしたのかだ」

神尾は心配した。

「神尾どの、此の刀を御覧下さい」

京之介は、刀袋から白鞘の刀を取り出して神尾に渡した。

「これは……」

神尾は眉をひそめた。

「月光尼が潜んでいた忍び宿にあった刀です」

京之介は告げた。

「な、何と。まさか……」

神尾は、緊張した面持ちで刃を上にして刀を抜いた。

刀は鈍色に輝いた。

神尾は、刀身を見詰めた。

「か、神尾……」

岡田は、喉を鳴らした。

「刃長は二尺三寸強、鎬造《しのぎづくり》、庵棟《いおりむね》、先反りは七分、鍛えは板目、刃文は湾《のた》れた互《ぐ》の目《め》……」

神尾は刀身を読み、目釘を抜いて柄を外した。

茎には『和泉守藤原兼定』との銘が彫られ、裏には『臨兵闘者皆陣烈在前』の九字が刻まれていた。

「九字兼定……」

神尾は、呆然とした面持ちで呟いた。

「九字兼定、本物か……」

岡田は、喜びに顔を輝かせた。

「おそらく……」

京之介は頷いた。

「九字兼定、間違いありますまい……」

神尾は、九字兼定の刀身を見詰めたまま頷いた。

「ならば、水戸藩御刀蔵に戻されるが宜しいでしょう」

京之介は勧めた。

「左……」

「左どの……」

岡田と神尾は、京之介に感謝の眼を向けた。

「九字兼定に宿っている霊気も、それを望んでいる筈です」

京之介は微笑んだ。


神田川には様々な船が行き交っていた。

京之介は、水戸藩江戸上屋敷を出て神田川に架かっている小石川御門を渡った。

そして、神田橋御門に向かった。

誰かが見ている……。

京之介は、己を見詰める何者かの視線を感じた。
月光尼配下の忍び……。
京之介は、それとなく周囲を窺った。
尾行て来る者は見えなかった。
京之介は、外濠に架かっている神田橋御門を渡り、御曲輪《おくるわ》内を日比谷《ひびや》御門に進んだ。
何者かの尾行は続いた。
京之介は、構わずに日比谷御門から幸橋御門に向かった。
外濠に架かっている幸橋御門を渡ると、久保丁原であり、愛宕下大名小路に出る。
京之介は、愛宕下大名小路にある汐崎藩江戸上屋敷に帰るのだ。
月光尼に身許が知れている以上、隠し立てや小細工をする必要はない。
京之介は、汐崎藩江戸上屋敷の門前に立ち止まって振り返った。
尾行て来たと思われる者は、何処にも見当たらなかった。
だが、必ず潜んでいる……。
京之介は、不敵な笑みを浮かべて汐崎藩江戸上屋敷に入った。

「そうか。何もかも無事に終わったか……」

御側用人兵藤内蔵助は、笑みを浮かべた。

「うむ。影の大御所、一橋の隠居の治済も鳴りをひそめる筈だ」

京之介は告げた。

「ならば、これで岡田采女正も汐崎藩に鉾《ほこ》は向けぬだろう」

内蔵助は、微かな安堵を過ぎらせた。

「うむ。しかし、相手は岡田采女正だ。油断はならぬ」

京之介は、厳しさを滲ませた。

「左様。水戸藩と己の為には、手立ては選ばず。敵とも云える京之介の力も利用する程の男だ。腹の内は、容易に読めぬ」

内蔵助は眉をひそめた。

「如何にも……」

「それにしても、隠居の治済同様、暫くは鳴りをひそめるだろう。御苦労だったな」

内蔵助は、京之介を労《ねぎら》った。
「うむ……」
京之介は頷いた。
だが、此で九字兼定を巡る殺し合いが終わった訳ではない。
月光尼と配下の忍びの者は、必ず襲い掛かって来る筈だ。
それは、尾行者がいる事でも分かる。
決着をつけるのなら早い方が良い……。
京之介は、内蔵助の用部屋を出て御刀蔵に向かった。

様々な刀の収蔵されている御刀蔵は、冷ややかな霊気に満ちていた。
京之介は、冷ややかな霊気に身を晒して霞左文字を抜いた。
霞左文字は、様々な者の血に濡れて曇りを浮かべていた。
頼るは霞左文字のみ……。
京之介は、霞左文字の目釘を抜いて柄を外し、研ぎなどの手入れを始めた。
霞左文字は、その輝きを取り戻し始めた。

愛宕下大名小路は夕陽に覆われた。
京之介は、塗笠を目深《まぶか》に被って汐崎藩江戸上屋敷を出た。
見張っている者の視線が、四方から鋭く浴びせられた。
京之介は苦笑し、田村《たむら》小路に向かった。
四方から浴びせられた視線が、消える事はなかった。
京之介は、田村小路から藪《やぶ》小路に抜けて葵《あおい》坂を下った。
葵坂を下った先には、溜池《ためいけ》の馬場がある。
京之介は、浴びせられている視線を引き連れて溜池の馬場に進んだ。

夕方の溜池の馬場には、馬を攻める武士はいなく閑散としていた。
京之介は、立ち止まって振り返った。
旅の尼御前が、笠と杖を手にして馬場の入口に佇んでいた。
月光尼……。
京之介は見定めた。

「臨兵闘者皆陣烈在前……」

月光尼は、呪文を唱えながら九字を切り始めた。

京之介は身構えた。

「臨兵闘者皆陣烈在前……」

月光尼の九字の呪文は続き、合わせるように他の者の唱和が始まった。

京之介は、油断なく周囲を窺った。

月光尼の九字の呪文に唱和する声は、京之介の周囲に次々と湧き上がった。

「臨兵闘者皆陣烈在前……」

唱和される九字の呪文は、次第に大きくなって不気味に京之介に迫った。

京之介は、霞左文字の鯉口を切った。

刹那、周囲に現われた忍びの者たちが宙に跳び、京之介に棒手裏剣を放った。

京之介は、霞左文字を閃かせた。

棒手裏剣が叩き落とされた。そして、一度に投げられた棒手裏剣の何本かは、霞左文字を掻い潜って京之介の塗笠や背に当たった。

だが、棒手裏剣は弾き飛ばされ、京之介が倒れる事はなかった。

忍びの者たちは怯んだ。
月光尼は、忍びの者たちを奮い立たせるかのように九字を切り、呪文を唱えた。
京之介は、怯んだ忍びの者たちに迫り、霞左文字を一閃した。
忍びの者は、首の血脈を刎ね斬られて斃れた。
京之介は、塗笠に鉄板を貼り、着物の下に編目の細かい鎖帷子《くさりかたびら》を着込んでいたのだ。
忍びの者たちは狼狽えた。
月光尼は九字を切り、懸命に呪文を唱えた。
忍びの者たちは奮い立ち、猛然と京之介に斬り掛かった。
京之介は、霞左文字を振るって忍びの者たちを斬り棄てた。
忍びの者たちは斃れ、手傷を負って蹲った。
月光尼は、九字の呪文を唱えるのを止めた。
忍びの者たちは刀を引いた。
月光尼の九字の呪文は、忍びの者への指示でもあった。
その月光尼の九字の呪文が消えた。

京之介は、忍びの者たちを見守った。

手傷を負った忍びの者たちは助け合いながら立ち去り、無傷の者たちは斃れた者を担ぎ去った。

月光尼……。

京之介は、佇んでいる月光尼に近寄った。

月光尼は殺気もなく、数珠を手にして合掌していた。

「左京之介……」

月光尼は、哀しげに京之介を見詰めた。

「月光尼、最早此迄だ。配下の忍びを連れて出羽の月山に帰るが良い……」

京之介は告げた。

「そうだな……」

月光尼は微笑み、京之介に向けて数珠を振った。

数珠玉は煌めいた。

京之介は、咄嗟に塗笠を被った頭を下げた。

数珠玉は礫《つぶて》のように飛び、塗笠を叩き、京之介の身体を鋭く打った。

塗笠に貼った鉄板は歪み、鎖帷子は軋みを鳴らした。
京之介はよろめき、片膝をついた。
刹那、月光尼は手にしていた笠を一閃した。
京之介は、咄嗟に仰け反った。着物の胸元が、横一文字に斬り裂かれた。
笠の縁には薄刃が仕込まれており、喉元を狙っての一閃だった。
月光尼は、笠を左右に鋭く振るった。
京之介は、大きく飛び退いて躱した。
月光尼は笠を投げた。
笠は唸りをあげて回転し、縁の薄刃を輝かせて京之介に飛んだ。
京之介は、霞左文字を真っ向から斬り下げた。
回転して迫る笠は、真っ二つに斬られて落ちた。
月光尼は、高々と宙に飛んで杖を振った。
細い穂先が、杖の先から飛び出した。
管槍《くだやり》のような仕込み杖だ。
月光尼は、細い穂先を輝かせた仕込み杖を構えて京之介を頭上から襲った。

京之介は、霞左文字を閃かせた。
月光尼の仕込み杖の先の穂先が、京之介の左肩を刺した。
霞左文字の閃光が赤く染まり、血が飛んだ。
着地した月光尼は、京之介に笑い掛けながら仕込み杖を構えた。
「左京之介……」
血が、仕込み杖の穂先から滴り落ちた。
京之介は、左肩に血を滲ませて霞左文字を構えた。
月光尼の首に血が滲んだ。
京之介は、月光尼を見詰めた。
次の瞬間、月光尼の首の血の滲みは噴き出し、笑みを浮かべた顔は凍て付いた。
「月光尼……」
月光尼は、笑みを浮かべて凍て付いた顔を血に濡らして斃れた。
月光尼は死んだ。
京之介は、月光尼の死を見定めた。
南無阿弥陀仏……。

京之介は、片手拝みをしながら呟いた。

溜池の馬場に風が吹き抜けた。


三田中寺丁聖林寺には、住職浄雲《じょううん》の読む経が朗々と響いていた。

京之介は本堂に入り、祭壇に向かって経を読んでいる浄雲の背後に座った。

浄雲の経は続いた。

京之介は瞑目した。

聖林寺住職の浄雲は、京之介と同じ刀工左一族の末裔であり、先祖の打った刀で斬られて死んだ者たちの霊を慰めていた。

刻が過ぎ、浄雲の経は終わった。

「来ていたのか……」

「はい……」

浄雲は、京之介を振り向いた。

「なかなか、忙しそうだな」

「まあ……」

「先程、刀剣商真命堂の道悦どのと申される方が訪れてな。そなたから預かっていたという刀を届けて帰った」

浄雲は、祭壇に置いてあった刀袋に入った刀を京之介に渡した。

「御造作をお掛け致しました」

京之介は受け取った。

「うむ。弥平《やへい》に酒を仕度させる。後で庫裏に来るが良い」

「心得ました」

京之介は頷いた。

「ではな……」

浄雲は、本堂から出て行った。

京之介は、刀袋から白鞘の刀を取り出した。そして、刃を上にして静かに刀を白鞘から抜き放った。

刀は淡い輝きを妖しく放った。

京之介は見詰めた。

淡く輝く刀の刃長は二尺三寸強、鎬造、庵棟、先反りは七分、鍛えは板目、刃文は湾れた互の目……。

京之介は、刀を読みながら口元を微かに綻ばせた。

祭壇の阿弥陀如来は、刀を見詰めている京之介を穏やかに見下ろしていた。

光文社文庫

文庫書下ろし／長編時代小説
九《く》字《じ》兼《かね》定《さだ》　御《お》刀番《かたなばん》左京《ひだりきょう》之《の》介《すけ》(七)
著者　藤《ふじ》井《い》邦《くに》夫《お》

2017年5月20日　初版1刷発行

発行者　鈴木広和
印刷　萩原印刷
製本　ナショナル製本

発行所　株式会社 光文社
〒112-8011　東京都文京区音羽1-16-6
電話　(03)5395-8149　編集部
8116　書籍販売部
8125　業務部

ISBN978-4-334-77474-5　Printed in Japan

組版　萩原印刷